欢迎来到实力至上主义的教室 ⑪

筱原皋月

1年级C班，隶属排球部。刚入学时和池多有矛盾冲突，但现在两个人的关系似乎有了进展。

池宽治

1年级C班，隶属"回家部"。努力通过了数次考核，个人成长明显。

## 须藤健

1年级C班，隶属篮球部。入学时很感情用事，引发了不少问题事件，现在稳重了不少。

坂柳有栖

……龙园同学？

你为什么……会来这儿？

一之濑明显动摇了。

就连我和坂柳都没有预料到会发生这种情况。

# 欢迎来到实力至上主义的教室 ⑪

# c o n t e n t s

# 欢迎来到实力至上主义的教室

〔日〕**衣笠彰梧** 著
〔日〕**知世俊作** 绘
新鲜 译

人民文学出版社
PEOPLE'S LITERATURE PUBLISHING HOUSE

著作权合同登记号　图字 01-2022-3823 号

YOUKOSO JITSURYOKUSHIJOUSHUGI NO KYOUSHITSU E Vol.11
© Syougo Kinugasa 2019
First published in Japan in 2019 by KADOKAWA CORPORATION, Tokyo.
Simplified Chinese translation rights arranged with KADOKAWA CORPORATION,
Tokyo through Timo Associates Inc., Japan.

**图书在版编目(CIP)数据**

欢迎来到实力至上主义的教室.11/(日)衣笠彰梧
著;(日)知世俊作绘;新鲜译.—北京:人民文学
出版社,2022(2023.3重印)
　ISBN 978-7-02-017492-8

Ⅰ.①欢… Ⅱ.①衣… ②知… ③新… Ⅲ.①长篇小
说-日本-现代 Ⅳ.①I313.45

中国版本图书馆 CIP 数据核字(2022)第 172209 号

责任编辑　卜艳冰　王皎娇　何王慧
装帧设计　钱　珺


出版发行　人民文学出版社
社　　址　北京市朝内大街 166 号
邮政编码　100705

印　　刷　上海盛通时代印刷有限公司
经　　销　全国新华书店等

字　　数　177 千字
开　　本　787 毫米×1092 毫米　1/32
印　　张　10
版　　次　2022 年 11 月北京第 1 版
印　　次　2023 年 3 月第 2 次印刷

书　　号　978-7-02-017492-8
定　　价　49.00 元

如有印装质量问题,请与本社图书销售中心调换。电话:010 - 65233595

## 坂柳有栖的独白

在我的记忆里，那天透过玻璃看到的景象仿若昨日般清晰。

父亲带我来探访那个深山里的组织，从外面看，一切都是纯白的。

不，不光是外面。

连走廊、路过的小房间，所有的一切都是白色的。

我将双手贴在玻璃上，想要将里面看个清楚。

这种玻璃是单向的，从室外可以看到室内，从室内却看不到室外。

"怎么了，有栖？还没见过你对什么事这么感兴趣。"

"人工制造天才，这样的实验怎么能不叫人兴趣盎然呢。"

"……你瞧瞧，这哪儿像从小孩子嘴里说出来的话。"

父亲一把将我抱起，看他的表情，困惑中还带着略微的笑意。父亲之前曾告诉我，无论是谁，只要接受了这里的训练，无一例外都可以成为优秀的人才，而我对此抱有诸多疑问。

"这个实验也有很多的问题，不是吗？"

"你为什么这么说？"

"会遭到来自人道主义等角度的抨击。"

"哈哈哈哈哈……"

"而且最重要的一点是，我不觉得天才可以人工制造出来。"

人在出生的时候，在被赋予了生命的瞬间，其内在的潜力就已经被确定了。

人是偶然的产物，此生注定会在各种各样的领域或是默默无闻，或是熠熠生辉。

这是刻在 DNA 里的东西，是代代相传的血脉，要改变也只有基因突变带来的血脉觉醒。

也就是说，要想造就天才，就要从 DNA 的阶段入手。

而生来平凡的人，无论如何，都逃脱不了基因的束缚。

这与环境毫无关系，自身不够优秀，怎么都成不了天才。

这是当时年幼的我心中所想。

这是我从小看过身边无数经过精英教育的同学们的例子以后得出的结论。

所以这场实验刚好站在了我的观点的对立面。

DNA 可不是那么轻易就能改变的。

"就算这里出了人才，也没有办法证明是这场实验的产物吧？"

"你为什么会这么想？"

"到头来也不过是因为拥有优秀的基因罢了。"

"原来如此。这里的孩子会经受相当严格的训练，能够在这里胜出的人确实有可能本来就是天之骄子。你果然和她一样聪明，就连性格，也很像。"

"谢谢您，我很高兴，能被认为像母亲，是对我最好的褒奖。"

我坦率接受了父亲的夸奖，再次看向身为实验体的孩子们。

有才之士，无才之人，都在这里接受一样的教育。

这里会按照排名，将落后者逐渐筛出去。

"能够在这种制度中留下来的人，只不过是因为得到了父母基因的眷顾。"

虽然我对这场实验有兴趣，但坚信它将毫无意义。

"谁知道呢，说不定是这样，也可能不是。然而，有一件事谁也没办法完全否认——这里的孩子们肩负着未来。"

这时同样还只是一个孩子的我并不能完全理解父亲的朋友想要完成的大业是什么，慢慢将视线再度移回到玻璃深处。

"那个孩子……所有的难题对他来说似乎都很轻松。"

我视线范围内的孩子们都能够着手解决眼前的困难，但过程并不一定顺利。

这也是自然，不管是学习还是运动，这里所展开的竞争都超出了这个年龄段正常的水平。

可有那么一个孩子独放异彩。

在国际象棋的对战中将对手逐一击倒的那个少年，是场上唯一一个能够夺走我注意力的人。

父亲看着那个少年，嘴角扬起，默默地点了点头。

"啊，他是老师的儿子，好像叫……绫小路……清隆。"

老师，指的是经营这个组织的人，也是父亲的朋友。

父亲在那位老师面前似乎总是很谦逊。

"既然是您老师的孩子，那么他本身基因就很优秀，不是吗？"

"那倒也未必。老师确实毕业于名牌大学，可运动才能并不出众，夫人也很普通，爷爷奶奶也不是什么拥有卓越才能的人。因为老师的野心比谁都大，拥有着绝不轻言放弃的斗志，所以才会变得如此伟大。"

"所以，他的孩子就是这个实验的最佳实验品？"

父亲面带难色，微微点头。

"是啊……对老师来说，这个孩子确实是理想的人选。不过……我倒是觉得他很可怜。"

"您为什么会这么想呢？"

"他从出生以后就一直待在这里，从来没有踏出去过半步。他来到这世上第一眼看到的，不是父母，而是这里的白色天花板。如果他早点儿被淘汰，或许还能和老师住在一起，不对，也许他只有留下来，才能继续得到老师的关注……如果是这样的话，那就太……"

从未感受过父母的爱，那该是多么孤独寂寞的人生。

才能固然重要，可这世上还有很多东西是只有通过人与人的紧密联系才能得来的。

我紧紧抱住了我最亲爱的父亲，父亲也以最热烈的拥抱回应我。

"计划的最终目的，是将教育下的所有孩子都培养成为天才，目前还处于实验阶段，它的目标不是眼下，而是五十年、一百年后的将来。现在这里的孩子是为将来的孩子们而存在的，并不是单纯为了培养才能。所以不管是留下来的，还是被淘汰了的，都不过是实验样品罢了。"

也就是说，他们的存在意义仅仅是被关在这个设施里，为实验提供数据支持。

我看着父亲的侧脸，他似乎也于心不忍。

"父亲不喜欢这个地方吗？"

"嗯？怎么说呢……我大概没办法做到完全支持吧。如果这里的孩子经过训练后真的能比外面的孩子更加优秀，这个组织也因此成为一个理所当然的存在的话，可能反倒是不幸的开始。"

"请您放心，我一定会推翻这场实验，证明天才绝对不是教育出来的，有些东西天生注定。"

我不能输给这里的任何一个人。这是拥有优秀基因的我，必须阻止的事情。

"我很期待那一天哦，有栖。"

"对了，父亲，我想学国际象棋……"

从睡梦中醒来，我睁开惺忪的睡眼，从床上坐起。

"又做了那个梦……"

大概是因为临近对决了吧。

我从未忘记见到你的那一天。

我一直坚信，总有一天，会再次和你相遇。

## 教师们的战争

二月的某一天，班级内部投票正式开始的前几日。

高度育成高中的老师们正忙得焦头烂额。

除了班级等级升级、退学、毕业的相关准备，还有面向全年级学生的最终特别考核，各种烦琐的事情一齐摆在老师们眼前。其中，担任今年一年级班主任的老师们更甚。

"以上就是一年级最终考核的内容，以及最新制度的引入说明。"

一个男人站在所有老师面前，向大家介绍本年度最终考核的相关情况。

二年级和三年级照旧，只有一年级的情况发生了改变。

"如果有疑问，请提出来。"

空气微微凝固，男人环顾了一圈四周。

在几秒钟的沉默过后，"月城代理理事长，我可以提问吗？"

一年级 A 班班主任真岛举手打破了沉默。

与他同一批入职的茶柱和星之宫一齐看向了真岛。

被叫作月城代理理事长的男人也注意到了一年级班主任的疑惑，或者说，预料中的疑惑。

这场考核是对学生价值的评估。对这样的考核抱有的态度，正好可以拿来考量这里的老师是否只是单纯的社会工作者，大人，拿工资干活的人。

"您有什么疑问呢，一年级 A 班班主任，真岛老师？"

月城面带微笑，看向真岛。

"二年级和三年级的特别考核和往常一样，但是一年级的考核标准大大超出了往年，班级内部投票……这个考核的退学风险很大吧？"

为了学生们的未来，作为一年级班主任的真岛不惧代理理事长的头衔提出了质疑，而他接下来的话更是直接。

"不好意思，您也是刚来这所学校，可能不太了解情况。我清楚您是综合考量后做出的这一决定，可在一年级还没有人退学的当下，您这样强制决出退学者的行为是否不太妥当呢？"

不知为何……面对真岛的质疑，月城似乎并没有不高兴。

"有很大的退学风险啊……一直以来的特别考核不都是这样的吗？按照本校的规定，只要一次考核不及格就会被退学，普通高中可没有这么严格。"

"我并不是在反对这个规定，往年因此出了很多退学者也是事实。我只是觉得这个新的考核有些不妥。"

高度育成高中每年都会在标准范围内进行各种各样的特别考核。

　　而今年的一年级学生全员通过了开学以来的所有考核，这究竟是实力不容小觑，还是有什么其他原因，谁也说不清楚，但肯定有其中的缘由，真岛觉得不应该加以干涉。

　　然而，月城的想法和真岛不一样。

　　"既然往年也出了很多退学者，那不是一样的吗？"

　　"不，这次的规定明显和往年不同，我没有办法赞同这种强制决出退学者的做法。"

　　其他老师都默不作声，只有真岛还在固执地坚持自己的看法。

　　"而且这次学年末的最终特别考核还突然导入了全新的制度，这可是从来没有过的，您不打算解释一下其中的原因吗？"

　　大家其实都明白，真岛的抗议不过是枉然。没有人能够改变这个决定。

　　"真岛老师，您可是有点儿固执了啊，您不想想，或许是学校一直以来的做法有问题呢？"

　　办公室里，月城和真岛的周旋还在继续，但真岛已经明显处于劣势，月城不是区区一介老师能对付得了的。

　　"年轻人的适应能力和学习能力可比大人所想的要高，也是因为这个原因，这次的新考核才没有在二、三年级中展开，仅限一年级学生。他们在这里待的时间短，实验成功了的话，正好可以运用到下一届一年级学生中去。"

"现在一年级的学生里还没有人退学，您确定要以这样的考核来收尾吗？"

"眼前的纪录没有任何意义，我们要看向未来啊，未来。"

月城继续反击。

"我们学校可是承载了政府不少的期望，本来就带有实验性质，创立没多久，更应该多做尝试。"

"是的，未来确实很重要，但作为班主任，我没有办法接受这种把一年级学生当作小白鼠任人宰割的行为。"

真岛继续向月城发起挑战，希望能够让特别考核回归正常轨道。

可是，班级内部投票的开展已是无法撼动的事实。

"……真岛老师，差不多了。"

已经接受了现实的茶柱适时开口。真岛话到嘴边，也还是咽了下去。

但这次反倒是月城有了表示。

"没事，我希望大家都能畅所欲言，我也明白老师们的顾虑，您说呢，真岛老师？"

"那您能再考虑一下吗？"

真岛以为事情还有转机，询问月城是否还有修改考核制度的可能。可惜事不如人愿。和坂柳理事长不同，月城完全不会听取在场老师们的意见。

"再考虑考虑？这可太难办了，我是代理理事长，暂时行使理事长的职责，决定学校的指导方针，带领着学校前进罢了。可惜，理事长也只不过是提线木偶，是政府拥立的法人所雇佣的员工。"

如此官方的回答，让真岛的努力彻底化为了泡影。

学生和老师的想法是次要的，重要的只有高度育成高中的未来。

"在如此严格的规定下，退学者层出不穷也没关系？"

"物竞天择，适者生存，这是社会的规律——不对，是自然的法则。而且，我不是已经让步，允许导入保护点数制度了吗？所以您就不要有怨言了。"

紧张的空气慢慢开始缓和，漫长的早会也逐渐接近尾声。

"现任理事长坂柳正在接受调查，如果他的渎职行为是事实，怎么能继续按照他制定的教育方针行事呢？当然了，我内心自然还是希望他能早日洗清冤屈，重新回到理事长的位子上。"

月城啪地拍了一下手，环视全体老师。

"差不多到时间了，今天的会议就到此结束。对了，差点儿忘了，接下来的一个学年，我们学校可能也要举行文化节，到时候我会问问老师们的意见，大家辛苦了。"

"文化节？原则上我们学校是不会举办这种校园开放活动的吧？"

二年级和三年级的班主任也初次表现出了疑惑。

"那些陈芝麻烂谷子的规定早就该改了，要想获得国家的认可，就需要不断改进。文化节并不向大众开放，进入学校的人都会经过严格筛选，能来的都是熟知这所学校的政界相关内部人士，所以不会向外界泄露任何不必要的信息，这一点不必担心。我做的一切，都是为了这所学校的未来。"

就此，月城代理理事长不再多言，结束了这场教师间的"战争"。

而这一切说到底，不过是一个人的独裁。

## 1

月城离开了教师办公室。现在离上课还有一点儿时间。

"真岛老师，还有星之宫老师，可以耽误你们一点儿时间吗？"

茶柱对二人说道。在这所学校里，他们是一直以来的竞争对手，同时也是朋友。

也许是因为认识的时间久了，所以二人并没有特别询问原因，手里拿着上课需要的资料，跟随茶柱走到了通向教室的走廊。

"真烦人啊，这次的考核肯定会有人退学，我们还得把这个消息告诉学生。"

最先开口的是星之宫。

她长叹了一口气，看向手里的花名册。

"这次离开的会是谁呢……哎……"

星之宫再三提起这件事，她并非幸灾乐祸。

"也不是说一定会退学吧，难归难，总还是有办法的。"

"只有拿出两千万点才能免除退学惩罚吧？"

星之宫当然知道这个事实。

可现在不管是哪个班都没有这么多点数了。

"要说希望，就是这次不需要再支付三百的班级点数了，毕竟过去也没有这种突如其来的强制退学考核，要不然就太说不过去了。"

放在平时，免除退学惩罚的条件除了两千万的个人点数以外，还需要三百的班级点数，但这次免除了后者。

尽管如此，别说是学生了，连老师都对这种强制退学考核感到愤愤不平。

"反正我是看不惯月城代理理事长的做法。"

"哎，谁说不是呢，突然弄出这么一桩事，为所欲为，把事情弄得一团糟。"

星之宫向茶柱贴了过来，语气烦闷。

"这样一味抱怨也没有用，说了不该说的，小心丢了饭碗。"

"你还说呢，当时顶撞他的不就是你嘛。明明和他说那些一点儿用都没有，你看他根本无动于衷。"

"知惠说的没错，他可不在乎你的饭碗，不知道有多少人争着抢着想进来，相反，他说不定还等着你的把柄送上门呢。"

"把真岛这种会提否定意见的老师踢出去，换成对自己有利的老师。"

茶柱和星之宫觉得月城在教师办公室里的那通说辞，目的是为了把不听话的老师逼出来。

真岛对此无可辩驳。

"佐枝你们也是好不容易才升上了C班，可别乱来啊。"

"还好，倒也没有费太大劲。"

"哇，难道你还想升到A班啊，你在做什么春秋大梦？"

茶柱被星之宫的大眼睛盯着感到不自在，移开了自己的视线。

虽然星之宫平时说话就直言不讳，但她的大部分举动都会经过深思熟虑。

也是老相识了，这一点茶柱很清楚。

"……没有，我没有那么愚蠢。"

"是吧，要是你说你的目标是 A 班……那可真是要笑死我了。"

星之宫特意举起双手，摆出惊讶的姿势。

她们之间的无聊对话让真岛忍无可忍。

"你们还在为那件事生气吗？都过去多少年了。"

"真岛老师，这跟时间没有关系。"

"是的，一点儿关系都没有。"

想要缓和两个人关系的真岛这下子骑虎难下了。

就算他敢和月城对着干，面对这两位，他也是大气不敢出。

"……这样啊，虽然这句话不该由我来说，但你们可不能夹带私人恩怨。"

"不会这样的，对吧，知惠？"

"当然不会了，佐枝。"

两个人在暗地里较劲，可表面上还是装作和和气气。

"总之我就想说一句，小心行动。"

茶柱说完这句话，随后便朝着 C 班教室走去。

剩下的两个人看着茶柱离去的背影，喃喃自语。

"她真的没有夹带私人感情吗？"

真岛看着明显低气压的茶柱离去的背影，说道。

"不要把我和她放在一起比较哦，我早就不在意了。但她真是一直都没变，还是那副学生样，那么无聊的初恋，亏她还一直放不下。"

"……你现在的表情真可怕。"

"咦？少骗人了，讨厌，我是什么表情啦？"

星之宫立马掏出折叠镜子，努力挤出甜美笑容。

"好啦，我今天也超级可爱，是吧？"

"不知道。"

"你好过分，算了，不和你计较。"

看着摆弄镜子的星之宫，真岛给出了他的建议。

"你小心点儿哦，今年的 D 班，不对，是 C 班，可不同往年。"

当下各个班级之间的点数还是有差距的，但今年的形势让老师们也说不准特别考核的结果。

"也许吧，但没事，我这边还有一之濑同学呢，而且……"

"而且？"

"我会把成为威胁的对手彻底摧毁。"

"老师可不能参与学生们的竞争。"

"不会的，不过，我对佐枝可不会手软。"

星之宫补充道。

"看样子你是要动真格了。"

"我不能输给她。"

这就是学生时代以来两个人的关系。

是朋友，也是对手。

## 一年级最后的战斗

三月八日。

C班的班主任茶柱即将宣布第一学年最后一次特别考核的开始。

摆放在C班的配套桌椅只有三十九组。

就在几天前还是四十组，但现在已经少了一组。

山内春树退学了。

这件事不只发生在C班。D班和A班的退学者分别是真锅和弥彦。

毋庸置疑，这件事给一年级全体学生带来了巨大的冲击。

这直接导致了他们内心一直以来的某种希望的破碎，原来并不是每一次特别考核都有挽救措施的。

时间的车轮滚滚向前，并不会等待同学们从震惊和伤心中缓过来。

随着班会铃声的响起，茶柱出现在了C班。

她没有一句多余的废话。

"——那么，我接下来将公开第一年度的最终考核。"

茶柱开始向大家介绍一年级最后一次特别考核的内容。

她没有提及有关山内的任何事情，大家也都明白会是这样。

山内最好的朋友池和须藤大概也很努力去接受这个现实了。

"这场特别考核将为大家的一年级生活画上句号，所以注定会是一场综合的较量，考验学生的智力、体力、团队协作能力，还有运气，需要发挥你们每个人的潜力。"

要是以前，茶柱说到这儿，池他们的问题就已经铺天盖地来了。

但现在池也只是默默地听着。

他明白，说不定下一个退学者就是自己。

"这次的考核名字叫作项目选拔考核，是各个班级综合实力的竞争。和之前的 Paper Shuffle① 一样，根据规则决定对战的班级。"

茶柱口中的项目选拔考核到底是什么呢？

"为了更好地解释这次的规则，我将用到我手里的这十张白色卡片，以及与班级人数一致的黄色卡片。"

说着，茶柱将卡片并排贴在了黑板上。

每张卡片的大小和扑克牌相近。十张白色卡片是空白的，黄色卡片上则标记了名字。

黑板上一共有四十八张卡片。本应与学生人数对应的黄色卡片少了一张，这又是何用意呢？

"首先是这十张白色卡片。你们要把讨论决定出的

---

① 搭档随机试题考核。

十个'项目'写在这里。"

池很快面露难色。

茶柱看着池欲言又止的样子，居然主动开口。

"有问题可以问。"

"可……可是，老师不会怪我们多嘴吗？"

小心思被看穿了的池还是不敢开口。

"我已经习惯你插嘴了。如果你没有插嘴，我反倒奇怪。"

茶柱每次都是到最后才会解答同学们的疑问，但这次看来不一样。

大家的视线转向了池。

得到茶柱允许的池说出了自己的疑问。

"那我就问了，项目……是什么意思？"

"笔试、象棋、扑克、棒球，任何你们觉得自己能赢过别人的项目都算数。除此之外，对决的规则也将由你们考虑后自己决定。"

"咦？也就是完全自由的意思吗？"

听完茶柱的解答，大家还是一头雾水。

"并不完全是这样。毕竟小众的竞技项目与游戏的话，除了提案者以外，谁都没有胜算，而且项目的规则也需要公平公正且易于理解。因此，在各班提交完项目相关信息后，将由学校进行统一审查，决定是否采用。"

确实如此，过于小众的运动，或者是只有提案者打通关了的游戏等都不合适。要是再加上奇怪的规则，那对别人来说就太不公平了。

不过，规则也由我们自己决定，这一点倒是出乎意料。

"此外，也要适当调整规则来避免平局。就拿围棋来说吧，一般情况，在围棋中，'地①'的数量相同时意味着平局。为了避免这一情况，后下手的一方，也就是白棋会获得半'目'的补偿，所以是白棋胜。另外，我们一般认为象棋好像是没有平局的，但极少数情况下也会出现僵局，这时候就会根据场上各方所持棋子的数量来判定胜负。因此各班在提交比赛项目时，需要提供关于胜负的详细规定，否则将不予采用。"

采用的项目一定会分出胜负，而且还不能过于小众。

虽然符合要求的项目不少，但作为学生，能做的选择还是有限。

"那我们实际再现一下选择过程吧。池，你擅长什么？什么都可以，说来听听。"

"嗯……这个……"

一时给不出答案的池陷入了思考。

"我……我石头剪刀布还挺厉害的。"

---

① 日本围棋术语。某一方的活棋所围住的空点称为"目"，完全的并且独立生存的活棋的"目"称为"地"。

没想到他思考过后给出的会是这样一个不着边际的答案，在座的其他同学失声窃笑。

茶柱并没有把他的话当成玩笑，转过身在白色卡片上写下"石头剪刀布"几个字。

"那就假设'石头剪刀布'作为项目之一。"

池和其他同学都愣住了，没想到茶柱会当真。

"规则是什么？"

"那……先取三局者胜？"

茶柱按照池所说的，在卡片下面加上了规则。

"大众知晓的项目，而且规则也很简单明了，学校没有理由不通过。"

"这……这就被采用了？"

这只是池随口一说的东西，但在学校看来完全没有问题。

"再像这样重复九次，就选好十个项目了。这是考核的日程，大概分为三个阶段，这也是重点。"

茶柱拿起粉笔，在黑板上写下：

特别考核

三月八日　　　　考核公开日。当天决定对战的班级。

三月十五日　　　决定十个项目。公开对战的班级的十个项目，并介绍规则。

　　三月二十二日　项目选拔考核。


　　"可……可是老师，两个班加在一起就是二十个项目，这相当耗费时间吧？"

　　"考核当天，每个班要再从十个项目中选出五个作为'最终选择'，也就是说，最后不是二十个项目，而是十个。"

　　听到这里，堀北终于开口了。

　　"意思就是每个班提出的十个项目中有五个是幌子……是用来迷惑对方的假信息吗？"

　　"也有这个作用吧。但这并不是最后一步。校方将利用提前准备好的系统，从这十个项目里随机抽取七个作为比赛项目。"

　　茶柱没有否定堀北对于规则的解读。

　　与以往的特别考核相比，这次考核的时间跨度额外长。

　　抽取奇数个……七个项目的规定估计也是出于必须决出胜负的考虑。

　　既然不存在平局，那么七个项目里只要有一方先赢下四局就意味着赢家的出现。

　　"即使在比赛途中决出了胜负，也要把剩下的都比完，项目的输赢会影响班级点数的变动。另外每个班最晚要在十四号，也就是周日之前选出十个项目，因为学校还要审查项目是否合格，所以你们最好尽快选出参加考核的十个项目。"

"要是十四号没有选出来的话会有什么后果呢？"

"那么缺少的项目将由学校补齐，但你们不要觉得这是一件好事，学校选的不一定是你们的强项。"

所以无论如何，提前选出参加考核的十个项目至关重要。

"还有很重要的一点，每个班不能有重复的项目，就算规则不同也不行。望大家注意。"

"决定了的项目还能取消吗？"

"不行。"

"那么……考核当天出场的学生以及出场的次数是没有限制的吗？"

"这场考核的内容很多而且规则复杂，所以校方准备了规则的详细介绍，大家稍后可以复印，随意取阅，堀北你想要的答案也在这里面。"

学校本可以按人数准备好相应的数量分发给学生，没有这么做应该也有学校的考量。

只有一份就意味着同学们需要聚在一起看，可以促进同学间的讨论。

"黑板上也写了，每个班级选出的十个项目会在十五号的时候通知给对战的班级。毕竟，项目和规则是比赛成立的基础。"

这意味着我们有将近一周的时间来进行学习和练习，并制定相应对策。

对方在当天究竟会选择哪几个项目，这同样是一场预测战。

"二十二日的考核结束后，会有一天的休息时间。二十四日举行三年级的毕业典礼，二十五日进行本学期的结业典礼，之后就是春假了。"

最终考核的输赢决定了到时候大家的心情。

这下终于基本上弄清了项目选拔考核的全貌。

可是……

茶柱的表情暗藏玄机，看样子还有什么要紧的东西没有说明。

"除了要选出考核的项目外，还有一个重要的部分。那就是需要选出一个人作为特别考核的'司令官'来统筹全局。而且，司令官不可以直接作为选手进行比赛。"

"司令官啊……"

这就是为什么黑板上只有三十八张黄色卡片。

"司令官是可以指挥所有项目并提供帮助的关键人物，需要有灵机应变的能力，决定选手的更替并解决场上选手的难题。另外，不光是运动，司令官还可以介入围棋和象棋这种比赛。"

这次的考核不只是学生们基础能力的对决，还有司令官的介入。

"司令官的介入方法也由你们自己决定。如果是石头剪刀布这个项目……就可以设定这样的介入规则：司令官可以在任意时间点代替选手出拳一次，或者可以替换上场的选手，等等。"

只要是正规的介入应该都是被允许的。

棒球和足球这种项目的话，就规定司令官可以指挥选手的上场和下场，实际上也就是承担着教练的任务。

一共有七个项目，司令官的介入可能会成为影响最终结果的重要因素。

"在司令官的指挥下取得胜利，会额外奖励个人点数，若是输了，司令官也要承担相应的责任，也就是——退学。"

如出一辙的输者退学制度。

"司令官是这场考核中不可或缺的存在，不可以有空缺，要是你们决定不了的话就和我说，我会适当任命一位。"

又要选一个人出来。

如此说来，在上一次考核中得到的保护点数至关重要。

我立刻明白，这下大家的注意力都会转移到我身上来，事实也确实如此。

现在只有保护点数可以让退学者转危为安。

而它的拥有者——我，如果成了司令官，就算比赛失利了，也不会沦落到退学的境地。

可是……

大家会认为这是一个好决定吗？

把司令官的任务交给像堀北这样优秀的学生，说不定能提高胜利的可能性。

可能在大家眼里这些选择都差不多。

如果有学生主动站出来要当司令官，应该没什么人会反对。

但反过来，要是谁也不想当出头鸟的话，这个担子无疑就会落到我的头上。

"对战的班级是怎么决定的呢？"

"选出来的司令官要在今天放学后去多功能教室集合，抽签决定选择顺序，所以你们要提前商量好如果拿到选择权，要选哪个班作为对手。"

拿到选择权的班级可以优先选择对手，剩下的两个班则自动配对。

"那肯定是选 D 班比较好啊，我们赢的概率更大。"

"从综合实力来看，选择 D 班确实可以提高我们赢的概率，但也并非有百利而无一害。"

茶柱表示如果大家都这么想，那么剩下的三个班也有可能会选择 D 班作为对手。

毕竟龙园下台，现在无疑是 D 班实力最弱的时候。

"这次的考核看重的是配合，关键在于发挥每个班的长处。"

就算对手是 A 班或 B 班也没有必要害怕。

只要选对项目，我们也可以有十足的胜算。

然而，越是靠前的班级越难对付。所以就算听了茶柱的解释，班里也没有一个人觉得轻松。

堀北也在心里嘀咕，这种情况下我们 C 班到底能不能打赢 A 班和 B 班。

"看来我没有安慰到大家啊，那就面对现实吧。如果你们这次失败，而 D 班胜利了……那么你们将再次落到最后一名。"

茶柱再次拿起粉笔，写下目前各班的班级点数。

三月一日各班实际点数情况

A 班　一千零一点

B 班　六百四十点

C 班　三百七十七点

D 班　三百一十八点

C 班和 D 班的点数相差无几。就算我们经过一年的努力升到了 C 班，最后的最后掉了链子的话也就功亏一篑了。

对于我们 C 班的学生来说，这次无论如何都要确保胜利。

"另外，班级点数的变动规则是……一个项目涉及三十点的转移。七连胜增加二百一十点，五胜两败的话增加九十点，这些都将从对战的班级的点数中扣除。除此之外，学校会奖励取得最终胜利的班级一百点。"

也就是说最多可以获得三百一十点。

这次居然可以通过项目比赛夺取对方的班级点数，这样一来，等级一直靠前的班级也同样面临着危机。而我们 C 班，根据对战的班级可能会得到完全不同的比赛结果，最终是升到 B 班还是降到 D 班，一切都是未知数。

"如果有一方的点数不够了，学校会暂时补充。班级点数实际为负数，但表面上还是零，等以后有了点数再还给学校。"

原来班级点数甚至可以降到零下。

不过，这次所有班级的点数都高于二百一十点，也就没有这样的担忧了。

## 1

茶柱离开了。离上课还有一会儿。

学生们拿到了放在讲台上的项目规定介绍。

"可以先借我一下吗？"

堀北挤进人群，将纸上的内容用手机拍下来。

估计她是为了能在自己的座位上静下心来好好研究。

我一直待在原地，看着这一切。

"你要看吗？虽然你可能没兴趣。"

"那就谢谢了。"

手机上立刻收到了她发来的两张照片。

项目选拔考核　项目规定

● 小众项目和复杂项目的规则限制

极其小众的项目可能会被否决。

项目为某一科目的笔试时，为保证公平，将由学校出题。

禁止篡改项目的基本规则。

● 可使用设施

特别考核当日，司令官将在多媒体教室进行远程指挥。此外，体育馆、操场、音乐教室和理科实验室等校内设施都可以作为比赛场地，但也有部分例外。

● 项目限制和时间限制

不允许出现内容相同的考核项目，需要耗费过长时间或者没有时间限制的项目可能会被否决。

● 出场人数

十个项目里每个项目需要的选手人数必须不同（除去替补选手），最少一人，最多二十人（加上替补选手不得超过二十人），此外，加上替补选手总人数超过十人的项目每个班最多申请两个。

● 参加条件

每名学生只能参加一个项目。在全班所有人都已经参加过的情况下，则有学生可以重复参加。

● 司令官的作用

司令官拥有介入所有项目的权利，介入方法由提出该项目的班级决定，校方通过则予以采用。

大概可以分为以上六个方面。

每个项目的参加人数为一到二十人。需要二十人参加的比赛不多，但起码规则是允许的，两个这样的项目的话就需要将近四十人，再加上其他的项目，有的学生就需要出场两次，甚至三次。而且，如果反过来采取精锐作战法，还要调整每个项目的参赛人数使其不一致，这简直是难上加难。

"学校真是又给我们准备了一道大难题呢。"

"没错，但作为一场检验年度学习成果的考核来说，设置还是很到位的。"

参与度高，而且还能考验学生的团队协作能力。

和体育祭的时候相似，但这次就不光是考验体力了，选择权交到了学生的手上。项目可以考验学习，也可以是行动力，甚至是精神面貌，这些要根据每个班的作战计划而定。

除了要把握好自己班的强项和弱项以外，掌握对手的信息也很关键，难怪学校把时间跨度设置得这么长。只有网罗各方消息，认真地选择适合本班的项目才能发挥出最强的实力。

我们班还有几尊请不动的大佛，能不能配合参加比赛还不好说。根据参赛条件，全班所有人都必须至少参加一次比赛，因此选择项目时还要考虑到这一点。

堀北看完后，表情很复杂。

"看样子你对这次的特别考核不太满意。"

"没错，而且我不满意的点不止一处。按照现在的规定，当天哪个班的项目被学校的系统选中的越多，哪个班的胜算就越大。而且系统是随机抽选的，要是对方被选中的项目更多，对我们是相当不利的。"

每个班选择的肯定都是自己有绝对信心的项目，自然更希望以自己班提出的项目来决胜负。

"学校选好十个项目后再通知各班，当天再缩小至七个项目，这样不是更加公平吗？"

从比赛公平性的角度来看，堀北确实言之有理。

"这样的话，等级靠后的班级获胜概率会下降，而现在的规定也给了等级靠后的班级更多获胜的希望，如果运气好的话。"

班级的排名越靠前就越优秀，这是常理。

"倒是……也可以这么看……可我还是觉得这场考核很奇怪。"

话虽如此……

当务之急是商量选什么项目参赛。

我将视线转向平田，他一动不动，俯首等待着时间的流逝。

"就在不久之前他还是班级的中心。"

"是我的错吗？"

"谁知道呢。"

不光是别人，恐怕连平田都不知道他自己的问题出在哪儿，以及该如何解决。

"大家先安静一下。在开始讨论之前，我想先搞清楚一件事。"

开口的是须藤。

正是平田默不作声，而班里差不多要开始进行商讨的时候。

须藤往我这边瞟了一眼，然后看向全班。

"大部分人应该都不同意上次的结果吧，宽治你说呢？"

"倒也不是同不同意的问题，就是有点儿搞不清楚，为什么赞赏票的第一名会是绫小路？大家应该也都想知道为什么他一个人会得到四十二票。"

大家看向了我，绫小路小组的成员们也不例外。

"是其他班……给他投了很多赞赏票吧？"

我早就料想到自己会被怀疑，只是一直都没有解释的时间和机会。

而且我也不能说什么。我属于这个班级的底层，不应该大摇大摆为自己辩解。

"我来解释一下这个问题。"

堀北率先开口。

"等等，我们问的是绫小路。我的好兄弟……退学了，我想弄清楚事情的来龙去脉很正常吧。"

"你这不是为难人吗？"

堀北起身，听她的语气像是在维护我。

"为难？"

"因为绫小路自己大概也不知道究竟是怎么一回事。"

"……绫小路不知道？"

"嗯，简单来说，一切都是坂柳搞的鬼，我大概推理了一下，事情应该是这样的。"

堀北娓娓道来。

"坂柳首先把矛头指向了山内同学，并告之会投给他赞赏票，这一点，山内同学最后的表述可以证明，但实际上坂柳应该早就决定好了要把票投给其他人。"

"话虽如此，问题在于为什么坂柳会选择把票投给绫小路。"

"须藤同学，你觉得是为什么呢？"

"是因为……绫小路说不定……实际上是一个超级厉害的家伙，所以坂柳觉得他应该获得赞赏票？"

"你觉得他在哪个方面很厉害了？在我的印象中，他就是跑得快而已。"

"嗯……我倒是也只知道这个。"

"考试的时候也没见他留下什么好成绩，运动方面，除了跑步速度以外，也没展现出其他什么特别的地方，说不定他根本不擅长其他运动。辩论交流的能力就更不用说了，都没见他多说过两句话。"

这大概就是周围人对我的印象。

"所以不可能是因为他很厉害。"

堀北断言道，不留一丝余地。

"难道是坂柳随便选的？感觉不太可能啊。"

"你想想，如果绫小路真的是一个很厉害的人，A班会特意将保护点数送到他手上吗？这未免也太愚蠢了！要是实在没地方投，大可投给一之濑同学之类的人，因为她注定会获得很多赞赏票，多了也没用。"

事实上，一之濑最终获得了九十八票，大概是因为有不少人都是这么想的。

"确实如此，坂柳绝对不会让厉害的家伙获得保护点数的。"

"就是说啊，坂柳绝对不会这样做的。"

惠和佐仓，此外还有大部分男生都表示赞同。

"虽然不知道为什么山内会成为坂柳的目标，但如果我们假设坂柳想让山内退学的话，一切就说得通了。正如她所想的，我们班里当时就数山内和绫小路的退学可能性最大，所以只要将赞赏票集中投给绫小路，那么退学的就肯定是山内。"

"也就是说……一切都是坂柳的策略？"

"没错，之所以选择……或者说是利用绫小路也没有什么特殊的理由。他不起眼，A班觉得他成不了气候，所以最终才会把赞赏票都投给他。"

整体来说，堀北的这段说明有理有据，其他人没有理由再怀疑我。

"为什么A班会针对山内，以及为什么会把票投给绫小路，我能想到的理由只有这些了。"

须藤和池无力再进行反驳。不过须藤犹犹豫豫，似乎还想说些什么。

"你不想看到我为绫小路辩护？"

堀北望着须藤，问道。

须藤没有回答，转移了视线。

"我之所以帮他解释，单纯是因为我明白山内同学退学最大的原因在我，而不在他。"

是堀北揭穿了山内的阴谋，逼迫山内承认他与A班私下有来往。

"你要怪就怪我吧。"

"这……"

须藤自然不可能这么做。

他内心很清楚，没有用的人迟早会被舍弃。

可不管堀北的话有多大的说服力，并不是所有人都能接受。

毕竟，我拿到了巨额的保护点数。

只有我一个人是这场考核的旁观者，处于绝对的安全地位。

"可以由我……来担任这次考核的司令官吗？"

我找准时机，表达了自己的意愿。

坂柳还没有来消息，但这次A班的司令官肯定是她。

如果我不当，那我们两个人就没办法一决胜负了。

"因为上次的班级内部投票让大家不安也是事实，我希望能借此机会消除大家的疑虑。"

"绫小路……"

须藤看着我，表情有些惊讶。

"这样不是挺好的嘛，这下就不会有人退学，绫小路也不会被怀疑！"

池赞成由我担任司令官，避免出现退学者。

"等等，虽然绫小路同学能主动提出来我也很高兴，但我不太赞同由绫小路同学担任司令官。"

开口的居然是篠原。

"这样确实能保证万无一失，即使输了，因为他有保护点数，所以也不会被退学。可这岂不是从一开始就放弃了竞争吗？只是在为失败做准备。正如堀北同学所言，绫小路同学很普通。"

她的意思是，如果一切由我来指挥，那么胜利难如登天。

"司令官的位置很重要，A班和B班估计会分别派出坂柳同学和一之濑同学。如果我们的对手是她们，那绫小路同学的胜算太小了，要是输了，我们可就回到D班了。"

一部分同学觉得篠原的说法在理。

"所以我觉得或许我们应该先统计一下班里还有没有其他人想当司令官。"

担任司令官就意味着要承担退学的风险，仅凭这一点，就不会有人轻易出头。

如果是以前或许还能指望平田，但这次就没办法了。

他丝毫不打算参与讨论，只是一个劲地低着头。

在这种情况下，唯一一个不害怕退学、有可能当司令官的人……

大家一同看向了堀北。

可惜，看这次的情况，恐怕……

"抱歉，我也不想让自己置身于危险境地。既然绫小路同学主动提了，那不如就让他当好了。就像篠原同学刚刚说的，要是现在我们班对上 A 班或 B 班，不一定能获胜。"

"可堀北同学你刚刚不是还在帮绫小路同学说话嘛，现在怎么又把他推到司令官的位置上去？"

一直在旁观的惠憋不住了。

"我之所以会为他解释，也是因为我想着他或许会主动当这个司令官。"

在某种意义上，她这是给自己做好了铺垫。

正如我所料，堀北想要把这个烫手的山芋扔给我。

她比其他人都要高看我，所以与其让别人当司令官，倒不如让我当来得更可靠些。最坏的情况，就算我们输了，也还有保护点数兜底。

"难道还有其他人有意愿吗？"

这种场合，只有愿意担任司令官的人才有说话的权利。

可惜没有人想冒这个险。

　　"虽说司令官的职责很大，但只要我们事先商量好，当天按照计划行事，不管是谁当司令官都是一样的。"

　　没有好好思考过的学生才会觉得这句话有道理。

　　"不管怎么样，现在马上要上课了，既然学校没有给我们安排专门的时间讨论，那我们只能再找时间。"

　　在平田已经放弃了的现在，堀北担当起了班级领导者的责任。

## 交战对手

午休的时候，"几乎"所有C班学生都聚集在了教室里。

没有带便当的学生也都是出去买完午饭以后就立刻返了回来。

作为其中一员，我也出了一次教室。

我寻了一个无人的场所，需要联系两个人。

其中一个因为提前用手机发了信息，所以很快取得了联系。

接着是另一个。

事情结束后，我买好午饭，回到教室。

教室里只少了两个人。

不会被任何事情束缚的男人——高圆寺六助就是其中之一。

还有一个，平田洋介。

剩下的三十七人都到齐了。

"平田同学还是不参加？"

"看样子是的。"

大家心里各有担忧，但时间不等人。

到底采用哪些项目还需要多加商榷。

"高圆寺他到底是什么意思啊？怎么又跑了！"

我明白须藤的心情，这件事任谁都会生气。大家都希望高圆寺能认真起来，为自己也为班级而战。

可现实很残酷。

人，不是轻易就可以改变的。高圆寺一直都会是这副德行。

不过他也没办法一直逃避，早晚还会有班级内部投票那样的考核，他现在的所作所为只能是自讨苦吃。

"可恶！那就别管他了，我们先开始讨论吧。"

"须藤，你没必要为他生气。我把老师发的项目介绍复印好了，发给全班同学，大家吃饭的时候好好看看，具体的情况等我们下午下课后再谈。"

没有人主持大局的现在，只有堀北能推动大家前进了。

"有什么不明白的地方可以随时问我。"

看来堀北已经对手头上的材料了如指掌。

## 1

下课，时间来到放学后。

茶柱要求班级选出的司令官立刻到走廊等候，随后走出了教室。

平田紧接着站了起来。

"平田同学……项目比赛的事情，还需要讨论……"

一名叫西村的女生慌忙向他搭话。

可这对于平田来说仿佛耳旁风，他默不作声，走出了教室。

"平田同学……"

包括西村在内的其他同学都明白，他这是不打算参与讨论的意思。

唯一的例外就是高圆寺了，他只顾着低头看手机，对教室里的骚动充耳不闻。

"我……去趟洗手间，马上回来。"

站起来的是王美雨——大家都叫她小雨。

说是要去洗手间，实际上恐怕是要去追平田。

"既然平田还没有恢复过来，那就只能由我来推进了。"

堀北率先走到讲台上去。

"抱歉，这件事就要拜托你了，我还有司令官的事情要忙。"

"嗯，你要去多媒体教室决定对战班级对吧？要是获得了选择权的话，拜托选 D 班。"

"我明白。但是我也不一定能获得选择权，你还是不要抱太大希望。"说完，我起身走出了教室。

选择成为 C 班司令官的我来到了走廊。

"你怎么也出来了，绫小路？司令官到底是谁？"

茶柱叹了口气，看着前面两个人消失的方向。

"是我，我来当司令官。"

"……哦？"

　　我和茶柱一起前往特别教学楼。

　　"不过是决定对战班级罢了，没想到还要特意去特别教学楼啊……"

　　"校方会在那儿给你们解释当天的考核系统，以及使用方法。"

　　特别教学楼里人烟稀少，以至于脚步声都听得非常清楚。

　　"你好不容易拿到了保护点数，没想到C班这么快就让你当出头鸟，你也挺不容易的。"

　　"我不是被迫的，我是自愿担任司令官的。"

　　茶柱停住脚步。

　　"……你是自愿的？"

　　"很奇怪吗？"

　　"你不是讨厌引起别人的注意吗？"

　　茶柱对此表示疑惑。

　　"这件事我逃不了。"

　　"原来如此，不过也确实。"

　　拥有保护点数的学生，十有八九会成为司令官。

　　这就是命运，不管是主动，还是被动。

　　"无论如何，司令官都要背负莫大的责任，要是你不认真对待，失败了的话，一定会给C班带来灾难。"

　　周围没有旁人，茶柱的语气很强势。

　　"这是威胁吗？"

我看向茶柱，只见她微微一笑。

"不管你怎么想，我可是很期待你的表现哦，绫小路，这下终于可以看清你真正的实力了。"

她的目标是 A 班，自然会特别关注这部分。

"我没有胜利的把握。"

"是吗？我倒不觉得你会输。"

我们的对话到此为止。

## 2

我们来到了特别考核的主战场——特别教学楼的多媒体教室。

"似乎除你以外的其他三名司令官已经到了。"

打开门，各班的班主任和司令官都到齐了。A 班坂柳，B 班一之濑和 D 班金田。

果然都是每个班保护点数的拥有者。

教室里有两台电脑面对面放着，除此以外，还有一个硕大的显示屏。

"既然人到齐了，那我们就开始匹配对战班级吧。采取抽签的形式，抽到带有红点标记纸条的班级将获得选择权。"

面前就是抽签筒。

按顺序应该是从 A 班开始，但坂柳拒绝了。

"俗话说留到最后的才是好的，我就最后一个吧。

一之濑同学，请你先抽吧。"

"那我就不客气了。"

从一之濑开始抽，按照 B、C、D 的顺序来。

这也不是什么麻烦的步骤，当下就能知道结果。最终是 D 班的金田抽到了红签。

也就是说，D 班获得了选择对手的权力。

"看样子我都不需要再抽了呢，真岛老师。"

真岛老师拿出了最后的一签，自然没有红色标记。

"原来不一定留到最后的才是好的。"

"话怎么能这么说呢，抽到红签倒也不代表什么。"

"A 班不管对阵哪个班级都胸有成竹？"

"没有这回事，我可是很不想和一之濑同学你们班比赛呢。"

不知道坂柳说的到底是场面话还是她的真实想法。

"D 班要选哪个班呢？"

在真岛老师的催促下，金田点了点头。

从考核公布的早上到放学，D 班在此期间应该也进行了内部讨论。

考虑选择哪个班获胜的概率更高。

"那我就不客气了，我们班想选……B 班。"

这大概出乎了很多人的意料。

"你确定选 B 班？"

真岛老师再次进行确认。

"是的。"

既然 D 班选择了 B 班，那么 A 班的对手自然就是 C 班了。

"本以为你们的目标肯定会是 C 班，怎么到头来选了 B 班？"

坂柳向金田寻求解答。

"要想逆转翻盘，就必须夺走等级靠前班级的点数，而我们班现在还不打算和 A 班比赛。"

D 班觉得和 A 班的差距实在太大，所以才将目标设定为 B 班。

"这样啊，那你们倒是帮我选走了一个强敌，那就祝愿你们班能取得一个好结果吧。"

坂柳点了点头，向金田表达谢意。

不过，事情并没有这么简单。金田获得选择权自然是偶然，但不管是谁抽到了红签都会是这个结果。

因为我在下课后立即联系了一之濑和石崎，希望他们能把和 A 班对战的机会让给我。

一之濑本来是打算选 A 班的，但为了还我一个人情，也还是答应了。石崎他们好像从一开始就打算选 B 班，所以并没有费什么周折。

这一切都是为了我能和坂柳对战。

如果我拿到了选择权反倒比较麻烦，毕竟堀北让我选 D 班，不过这只有四分之一的可能，所以我并没有特别担心。抽签也不过是走个过场罢了，坂柳自己也心知肚明。

这下子对手就都决定好了。

"接下来我将对考核当天的系统制度进行说明。大家作为司令官，将用到这间教室里的两台电脑，实时分配项目选手。"

显示屏上出现左侧电脑的画面。

茶柱操作电脑，真岛老师继续进行说明。

"这是A班学生的花名册，进行选择时，可点击该学生的照片拖入项目框内。若是操作错误，或想更换人选，将其移除重新选择即可。除了鼠标，还可以触屏操作。"

"就像是电视游戏一样呢。"

"真的很像。"

一之濑和星之宫老师的对话有点意思。

"每个项目选择出场学生的时间是有限制的，但会根据参赛选手人数而来，一个人大约为三十秒。"

意思就是十个人的项目有三百秒的选择时间。

"请大家注意，如果没有在规定时间内选好，那么系统将随机选择学生进行补足。相反，若是选择了超出规定人数的选手，系统将随机剔除。"

也就是不允许超时。

"比赛开始后，显示屏上会实时播放比赛进程。"

　　现在屏幕正播放着象棋的比赛录像，像在看电视一样。

　　"比赛开始后，司令官需要进行的指示将以文字形式出现在屏幕上，以供确认。"

　　现在显示屏上的内容切换回了电脑画面。

　　上面显示着"可悔一棋，由司令官重下"。

　　这就是之前介绍过的，司令官的介入方法吧。

　　"请大家记好，司令官要在确认指示内容的同时，通过电脑发动指令。"

　　显示屏再度切换为比赛实况。

　　"司令官和队员之间的沟通采取的并非直接对话的形式，而是电脑读取的方法。司令官要做的就是将指令打在输入框里，按下回车键，然后指令就会由机器自动读取后并发送到比赛选手的耳机里。"

　　学校之所以会采取这种方法，应该是为了防止作弊。比如这次给出的例子：司令官重下一棋。要是好好组织一下语言，仅通过一次介入，把之后的两三步都透露给选手也不难。

　　"若司令官违反了规则，我们将立刻判定另一方的胜利。"

　　果然如此，估计到时候会有专人对我们输入的内容进行检查。

　　"每场比赛只有一个人可以佩戴耳机，所以即使是团体战，也只有一个人可以接受指令，这个人由司令官指定。"

司令官的任务超出了预期。

虽说可以事先指定好，但是如果遇到突发状况，就需要司令官随机应变了。

"只要符合规则，司令官可以在任意时间发出指令。"

司令官还可以随时切换自己电脑上的画面，自由地放大或缩小。

观察场上的同学，或是为下一场比赛做准备，可以做的事情不少。

"以上就是司令官的任务以及机器的操作方法，大家还有什么问题吗？"

真岛老师看了一圈，并没有人提出疑问。

"那么今天就介绍到这里了。若大家还想确认一下操作方法，正式考核开始前一周都可以来这里，但必须有老师在场。以上。"

司令官说明会到此结束。

## 3

回到宿舍，我给堀北发了信息，告诉她我们的对手是 A 班后，再度思考起了自己作为司令官的任务。说起来，这还是我第一次认真应对学校的特别考核。

说实话，如果这是一场个人战，那我一定不会输。

可现在需要指挥全班，比的是班级战斗力。

就算是孙子那样厉害的军师，也没有办法依靠只有小孩战斗力的军队赢过强大的对手。

司令官的介入确实关键，但要打好这场仗，还有一个大前提。

那就是搞清楚 C 班现在的能力所在，也就是每个人的长处短处，以及人际关系。

如果不了解这些，那就赢不了。

我手上掌握的信息，还有我在班里的威信都少得可怜，我现在根本不了解班上的人。

那我应该先做什么呢？

无疑，我需要向熟悉班级的人了解情况。

这件事很简单，也是必须做的。

我能够咨询的对象只有三个——惠、平田，还有栉田。

而且我想尽可能地向他们三个人咨询，因为我需要全面且详细的信息。

可看现在的情况，也只有惠一个人可以配合我了。

平田已经不行了，而栉田也深受之前班级内部投票的影响，表面风平浪静，内心恐怕对堀北怨念颇深。也不知道她怀疑我怀疑到了什么程度，但还是提防一些比较好。

时间接近六点，天色暗了下来。

门铃响起，似乎有人造访。

我毫不迟疑地打开房门，迎接对方的到来。

"……嗨。"

来访者……轻井泽惠身着校服，出现在了我的面前。

"你刚从学校回来?"

"我和你可不一样，朋友多着呢，而且今天是我的主场。"

她看向我这边，语气和平常不太一样。

"你的主场? 什么意思?"

她看我一副不能理解的样子，似乎有些生气，移开了视线。

"……和你没关系，另外，你居然这个时间叫我来，还说什么路上不用小心旁人的视线……万一被别人看见了不就糟了?"

惠环顾我的房间，看样子有些担心。

"没事。事到如今，已经没有这个必要了。"

"因为那个 A 班的……好像是叫桥本的同学，还有高年级的学生都已经知道我们走得比较近了?"

"没错。"

"我和你的关系，好像变得不再是秘密了……这样不会有问题吗?"

"无妨。"

我的回答让惠放下心来，她缓了口气。

"那就好。"

实际上我也有方法可以和惠秘密联系而不被发现，但目前的情况在慢慢发生变化。

而且，比起在暗地里活动，明面上的操作更能发挥出她的价值。

"可……我们好歹也是一个班的同学，要是被别人看到了，说我们孤男寡女共处一室，那岂不是会流言四起？"

原来她担心的是这个。

"这次由我担任司令官，而你作为 C 班的中心人物，我向你打听点儿事情，应该也没有那么奇怪。"

为了让她彻底放下心来，我暂且这么安慰她。

"嗯，也是。"

惠应该还是有顾虑的。

"你为什么要当这个司令官？你也不是那种因为有了保护点数就心存愧疚的那种人吧？"

不愧是惠，她对我已经了解到了一定程度。

"不管我实际上是什么样的，我也有我的人设，而且因为山内的退学，大家比较容易怀疑我，所以主动担任司令官对我来说才是最好的选择。"

"是吗？"

"是的。"

"要是我的话，说什么都不会当这个司令官。"

惠也早就在同学之中树立起了这样的形象，就算将保护点数完全据为己有，也不会有人敢多嘴多舌。真是不错。

"不说这个了，这次叫你来，是想让你告诉我一些班级内部的情况。"

"班里的情况，这要从何说起呢？我对男生的事情可是一点儿都不了解。"

"那没关系，如果有机会，我之后会再向栉田，还有平田打听。"

这只是我目前的打算，能不能实现还不一定。

"要是能再加上那两个人手里的消息，班里的情况应该能了解得差不多，但……"

惠架起胳膊，面露难色。

"先不说栉田同学，洋介那儿就不一定能成功吧？感觉他受到了很大的伤害。"

"你也这么觉得？"

"是啊，大家都能看出来，他现在拒人于千里之外。"

C班少了平田是很大的损失，一直以来都发挥着缓和剂作用的他不在了，班里总是缺少安全感。

"再说吧，现在先从你开始。"

"好，那就采取提问的形式吧。"

于是，我按照学生花名册的顺序，向惠询问 C 班每一名女生的信息。

## 4

"……就是这些了。"

不到十分钟，我就从惠那里得到了所有可能会派上用场的信息。

"喂，你不用记个笔记吗？我可不会再复述一遍哦。"

"没关系。"

"你全都记到脑子里了？"

"差不多。"

她有点儿不太相信的样子。

"这次的对手可是 A 班啊，相当难对付不是吗？"

"作战的不是我，而是作为参赛选手的你们。不管司令官能介入多少，都没办法扭转战局，我反倒是想问问你们的心情，觉得自己可以赢吗？"

"我……我……"

惠欲言又止。

"……你别让我上场了。"

"这不是我能决定的。而且如果有需要，说不定还要上场两次。"

"不行不行，绝对不行，我学习和运动都不怎么好。"

惠使劲摇头，看来她是真的不想参加。

“坂柳同学又不是你的对手。”

突如其来的夸赞。

看来她不仅不想参加，还不想承担这个责任。

可实际上惠也不知道我的实力究竟如何。

“没有人对自己抱有期待的话也没有压力吧？”

“嗯，是。”

在这个失败才是理所当然的情况下，我们的努力也成了一种挣扎。

“所以，你找我就是为了这件事情？就这点儿事不至于当面说吧？”

她噘起嘴，怪我为什么让她专门跑一趟。

“有些事情还是当面说比较好。”

惠的表情还是很僵硬，这不是她想要的答案。

“哼……总之你的话说完了吧？那我就……回去了？”

她应该是不觉得还会有什么新的情况出现了，所以最后只说了这一句。

“要是还有什么事情，我会再联系你的。”

“……好，好。”

惠似乎在期待着什么，但还是放弃了，看来她自己坚决不肯主动说出口。

搞得我也不好往下继续……

“等等，我还有话要说。”

我起身从抽屉取出了一样东西，怕被她看到，所以我提前放了进去。

"什么啊……有话早点儿说。"

"今天是你的生日吧?"

"咦……你都知道啊?"

那是我在学校商店里订购的，还带着包装的生日礼物。

"就是想逗逗你。"

"喂，干吗还要搞这么多铺垫啊，有礼物早点儿给我啊。我可是从朋友们那里收到了不少好礼物，我现在的眼光可高了不少。"

她说着，把手伸了过来，脸背了过去。

看到她这个样子，我故意停止了手里的动作。

"你想要?"

"哼，谁稀罕啊?"

"既然不稀罕的话，那我也没有必要强行塞给你了。"

"什么?! 既然你都要给我了，就好好给我!"

她的发言让人有些摸不着头脑。

"这也是白色情人节的回礼。"

"原来如此……因为嫌麻烦所以就一次性给了?"

她叹了口气，从我手中接过礼物。

是一个小方盒子，很轻。她有些惊讶。

"里面有东西吗？"

"我可没那个勇气给你一个空盒子。"

要是我那么做了，那么迎接我的将会是惠无止境的怒火。

"那我可以现在打开看看吗？"

就像警察在检查赃物一般，她仔细地拆开包装纸，打开了盒子。

那是一个金属片，反射出金色的光芒。

"这……这是什么？！"

正常人看一眼就明白这是什么。

"项链。"

"这我知道！我的意思是这份礼物很沉重！"

"沉重？"

"因……因为项链不是普通朋友间会送的礼物啊！"

就算她这么说……

我有些不明白她的意思。

不过她好像也没有在等待我的回答，接着说道：

"而且……而且……这个项链又不适合我！还是心形的！"

她应该指的是这个项链的心形吊坠部分。

看样子我的礼物选得不太合适。

"心形的！"

大概是对这一点特别不满意，她又强调了一次。

"哼，哼。"

她满脸通红地向我抗议，弄得我也有些过意不去。

不管对方是谁，礼物这个东西就是为了让对方高兴才送的，现在看来，我的礼物好像没有起到这个作用。

"这个应该很贵吧？"

"倒是不便宜，两万点左右。"

"两万点……为什么要特意买这么贵的礼物啊？"

"什么为什么？"

惠看向我的脸更红了。

我还是老老实实告诉她吧。

"我其实没有送过女生礼物，所以在网上查了查。'淘贝'购物网站上女生生日礼物排行榜第一名就是这家店的项链，似乎在女高中生之中很有人气。"

我记得很清楚，介绍里说它很适合作为回礼，不是恋人也可以放心送。

我想着将生日和白色情人节的回礼合在一起只送一份礼物的话，需要提高一下预算，所以就选了这个。

"这样啊……"

看她的眼神，我好像扫了她的兴。

可能真的是我选错了。

"你脑袋那么聪明，怎么在挑选礼物这件事情上这么傻兮兮的，一副不谙世事的样子。这种东西女生一般都想自己选，要看自己适不适合，喜不喜欢。还好不是戒指，要不然连尺寸你都会搞错，真是万幸……恕我直言，一百分满分的话我只能给你十分。"

这么贵的礼物，没想到只收到了如此惨淡的评价。

不过这件事我也确实应该反思，我没有考虑到收礼物的人的心情。

"要是我随便送你一个点心礼盒呢？"

"十五分吧。"

花了两万点的项链居然还没有一盒点心的评价高。

"打都打开了，应该是不能退了，你不要的话就给我吧，改天我再送一盒点心给你。"

我感叹于自己在送礼物这件事情上的鲁莽，向她提出了这个解决方案。

惠应该更想要十五分的礼物。

我本来是这样想的，可……

她看了看项链，又看了看我。

然后把项链挂在了自己的脖子上，在房间里的镜子前照了照。

"嗯，心形果然有点儿小孩子气，不过还好我长得好看，所以戴什么都合适呢。"

她可真敢说。

接着又对着镜子自顾自地欣赏了一会儿，满意地点了点头。

本以为她试完了就会还给我的，没想到她把项链放回原来的盒子以后，直接反手装进了自己的书包里。

"嗯，既然这是你第一次送女生礼物，那我还是勉为其难收下吧。"

"那……也好。"

就算她还给我，我也没有其他人可以送了。

## 班级所欠缺的东西

决定好对战班级的第二天。

班级集体讨论和昨天一样安排在了下午放学后，所以大家中午可以自由活动。

绫小路小组的成员们和往常一样打算在一起吃午饭，一到午休时间很快就聚到了班级的一角。

"你们昨天的讨论进行到哪里了？"

我随口向朋友们打听讨论进度。

昨天的司令官说明会持续了大概一个小时，等我回到班里的时候，同学们已经解散回家了。

"堀北没有联系你吗？不过倒也是……"

爱里还是一如既往支支吾吾的。

"不是有个项目介绍吗？到头来大家光是解读比赛规则都费劲……"

"所以没讨论出什么，简直就是浪费时间。"

启诚叹了口气，他对现状不太满意。

看来昨日中午大家并没有把项目规则都弄明白，所以下课后的时间也都用在讨论项目规则上了，这确实是C班的作风。

"而且不光是班级内部的问题。"

"什么意思啊，小幸村？"

"学校里没有其他地方能同时容纳全班学生吧？"

"嗯，卡拉 OK 包间或者商场里的休息处之类的地方，确实没办法容纳四十个人，怎么了？"

"昨天的讨论结束后，我第一个走出了教室……发现外面有几个 A 班的学生，就在我们班外面的走廊上站着。"

波瑠加和爱里面面相觑，不明所以。

明人也一下子没理解他的意思，但很快就缓过神来了。

"你的意思是有间谍？"

"没错，这次考核，班级的作战计划至关重要不是吗？即使是听个墙角，说不定也会被听去不少情报。"

要选择什么项目，谁擅长什么，等等。

对敌人多一点儿了解总不会出错。

战争已经打响了。

"这样一来，我们 C 班岂不是落下了。"

"可怕，坂柳同学居然这么快就下手了。"

波瑠加打了个冷战，她摩挲着自己臂上的鸡皮疙瘩。

"那我们也早点儿打听打听 A 班的消息？以牙还牙。"

她觉得我们也应该这样做。

启诚并没有立即肯定波瑠加的说法。

"如果真的是这么简单就好了。"

"咦？"

"估计堀北也明白，这种事情做了也没用。A 班那么精明，你觉得他们会四十个人聚在教室里讨论这么机密的事情？"

战线还没有统一的 C 班才应该从凝聚人心做起。

像 A 班那样，依靠以坂柳为首的一部分学生决定班级策略的方法在 C 班可行不通。

谁担任司令官、谁决定项目、谁负责收集情报，从考核开始的那一刻 A 班就已经决定好了。

就算 A 班像 C 班那样在班里讨论，应该也会提前安排好两三个人放哨，防止有人偷听。

"但还是可以试试吧？万一他们疏忽了呢？"

"要真是那样，我反倒觉得恐怖，该怀疑信息的真实性了。"

如果偷听到的是他们故意放出来的假信息，那就相当于是在浪费时间。启诚的话一语中的，情报都是被隐藏起来的，不会轻易暴露，这种时候就不得不怀疑真假了。

"不过，这次绝对有必要打信息战，但重要的是方法……"

"我们……能赢吗？"

陷入一种被敌军包围的感觉，爱里很不安。

"现在看来，我们确实落后了几步。"

C 班现在所有事情都处于悬而未决的状态，毫无优势。

"我们的对手居然是 A 班。"

"抱歉，是我没有抽到选择权。"

事实上，就算我抽到了红签也会选择 A 班，但这不能被他们知道。

"啊，抱歉，我不是这个意思！对不起！我完全没有责备你的意思！"

波瑠加的反应超出了预期，她慌忙道歉。

"本来就只有四分之一的中签可能性，波瑠加你可真严格呢。"

明人也添了一句，搞得她更不好意思了。

"我……我都说了我不是这个意思……"

波瑠加想要换一个话题，短暂的思考过后开口道：

"要是 A 班能手下留情就好了，反正对手是 C 班，他们也不会太认真吧，明人你觉得呢？"

"手下留情……坂柳看上去像是这种人吗？"

"……完全不像，感觉她的目的不只是赶走山内同学，而是要把整个 C 班彻底摧毁掉。"

波瑠加抬头看向天花板，疲惫无力。

"不过清隆可真是够倒霉的，在这种情况下还要当司令官。"

启诚拍了拍我的肩膀安慰我。

"没关系，我有保护点数也是事实，别无选择。我也不希望我们班输，但确实也只有这样才不用担心有人会退学。"

我现在能告诉伙伴们的就只有这些了。

毕竟是我一手安排了和A班的对决，负起责任担任司令官也理所当然。

"对手可是A班啊，就算输了也不能怪清隆。"

"而且A班的司令官还是坂柳同学。"

如果这是一场赌注，一百个人里估计有九十九个人都会把宝压在坂柳身上，所以就算输了，我也不会成为众矢之的。万一逆转获胜了，那也会被认为是堀北的领导力与她制定的细致策略发挥了作用。

"嗯……想赢A班确实很难。"

启诚架起胳膊，叹了口气。

但明人语出惊人。

"就算对手是A班，我们也不是完全没有赢的可能。"

"是吗？我也不希望我们班输……"

"也不是什么锦囊妙计，可是想来，我们也不是完全没有办法赢过A班吧？"

明人开始解释。

"刚宣布考核的时候，我也觉得如果我们班碰上A班和B班，肯定是死路一条。但我从池和老师的对话里，听出了一点儿胜利的可能。"

"池的话？你难道是指剪刀石头布？"

波瑠加像是想起了什么，明人听完点了点头。

"我最初也觉得剪刀石头布就是说来搞笑的，可这种项目，我们和A班各有百分之五十的可能获胜，还有抽鬼牌、大富翁等游戏都是这样，当天要是有五种赌运气的项目不是也挺好的？"

听完明人的解释，波瑠加两眼放光。

"这样一来，不管是A班还是B班我们都可以一战！"

"是啊！我也觉得这个主意不错！"

"不对……没有这么简单。"

与狂喜的三个人不同，启诚很是冷静。

"具体的数字还需要详细推算，如果采用这个策略的话，我们的胜算只有百分之五到百分之十。"

"什么？不会吧，就算没有百分之五十，应该也有百分之二三十的可能吧？七个项目里被抽中五个，然后赢四场，这么难吗？"

"那就完全看运气了。"

七场比赛里有五种都是C班提出的，而且还要在这其中四种里获胜，获胜的可能性是百分之五十，这么算来……

大脑飞速运转。

七个项目里被选中五个，这样的概率为百分之八点三三。

五个项目里赢四个，再按照百分之五十的获胜概率进行计算的话，就是百分之十八点七五。

这样算起来，最终我们获胜的概率为百分之一点五六。

我们获胜的概率甚至都没有百分之五，光靠运气实在算不上什么好方法。

而且这还是很粗略的算法，实际在场上会受到各种因素的影响，这个提议甚至称不上是一个策略。

所以就算有风险，还是应该选择自己擅长的项目进行对决。光凭这百分之五十的运气是赢不了的。

"原来不行啊，我还以为或许行得通呢。"

明人挠了挠头，认识到了自己的想法有多天真。突然，我发现爱里正看着我，满脸的担忧。视线相对后，她脸上的忧虑更浓了。

"清隆同学你当司令官……真的没关系吗？"

爱里应该是意识到了打败A班的困难程度，所以才会如此担忧。

"就是啊，清隆。就算你手里有保护点数，还是不要逞强比较好吧。"

波瑠加附和道。

"没错，至少我们不觉得你和坂柳有什么牵连，对吧？"

大家都点了点头。这种被信任的感觉还是不错的。

"虽然有人怀疑过你和坂柳的关系，但也在堀北同学的解释下撇清了。话说回来，我之前还觉得保护点数是个好东西，没想到竟然这么烫手啊。"

"我也羡慕过，可如果把我放在和清隆同学一样的立场上，我肯定也会赶紧用掉。"

只有一个人绝对安全——在这么严峻的局势下，内心想法不坚定的人很难不受周围的人影响。但是，启诚对爱里的怯懦发言持否定态度。

"我才不会，不管周围的人怎么说，我都不会轻易花掉点数。"

"就算因此招致了同学的反感、嫉妒和怨恨，你也会这样坚持吗？"

"大前提就不对。这是我凭实力得到的，容不得别人说三道四。为了保护好自己，清隆你不管怎么样都应该留着它。"

启诚愤慨激昂，好像是他当了班级的牺牲品一样。

一直沉默着的明人看着我说道：

"和 A 班作战不是易事，清隆能担下这个重任确实不容易。如果司令官是其他学生，说不定就会出现第二名退学者，不是吗？难道启诚你愿意当这个司令官？"

"这……确实。"

我也明白启诚的意思，换一个更有能力的人当司令官，也就会有更大的可能赢得胜利，他大概也觉得这样才是一个积极的态度吧。

"没办法，这次还伴随着退学的惩罚，要是没有的话，大家觉得谁最适合当司令官啊，果然还是堀北同学？"

爱里歪头思考，看样子她的脑海里应该有几个候选人。

"嗯，差不多，或者平田同学、栉田同学？小幸村也挺好呢。"

大家列举了几个名字，由这些人当司令官，考核的结果可能确实会好看些。

"平田同学的话……"

可能是意识到谈这个会拉低气氛，明人立刻转变了话题。

"启诚，你怎么看待 D 班和 B 班的比赛？"

这是另一组的考核对手。

"十有八九是 B 班赢，B 班的合作能力还有综合实力可是很厉害的。"

"没错，而且 D 班的司令官也不是龙园，而是金田同学。"

没有龙园的 D 班不足为惧，这不是空穴来风。

以石崎为首的 D 班很早就决定要和 B 班比赛，这并不是他们随意决定的。如果是我的话，也会选择 B 班。A 班就不用说了，有坂柳坐镇，还有葛城、桥本等实力不可小觑的对手，以及放眼整个年级，学习能力皆属上乘的同学。另外，他们应该也不太想与我为敌，所以我们C班也被他们排除了。D班的优势不在于学习，而在于身体素质。要想最大限度地发挥优势，选择B班才是明智之举。不过这也并不意味着D班能赢或者占据了优势，选择B班不过是降低了失败的可能性罢了。

事实上，D班能不能赢还要看他们之后的选择，还有……运气。

一切才刚开始。

"啊，你们看那里。"

波瑠加嘀咕了一声。我顺着她所指的方向看去，发现了正前往食堂的平田。

他的脚步异常沉重，和僵尸、幽灵没什么两样。

眼神里也没有丝毫生气，这和过去外向开朗的他天差地别。

"他病得……不轻啊。"

波瑠加找不出其他词来形容现在的他。在以前，他眼里只有班级的利益，我们班之所以能发展到现在，他的功劳无疑是最大的。

"这次的特别考核，平田应该是靠不上了。没想到在这个关头，我们竟然痛失了一员大将。"

启诚的发言透露着些许的冷漠。

"我们……也没有什么可以为他做的呢。"

多次有学生接近平田，想要帮助他，可平田似乎一句话也没有听进去，不见任何的改变。另外，贸然与他接触还有可能导致现状愈发严重。

绫小路小组的成员中没有和平田特别亲近的人，去劝他也是白搭，所以大家对启诚冷漠的态度并没有做出什么特别的反应。

1

下午放学后，正式的讨论终于开始了。

唯一一个立刻起身准备离开的人是平田。

"平田同学！"

"平……平田同学！"

几个女生几乎同时喊出了平田的名字，其中就有小雨。

可平田没有停下自己的脚步，班级事务已经被他抛在了脑后。

他正常上学、上课和回家，也只是为了不给班级带来不必要的麻烦。

每天都只是重复做着这些事情。

"等一下，平田同学！"

"该停下来的是你们。"

小雨等人想要追上去，却被堀北制止了。

"接下来我们就要开始讨论了，少了他一个还不够，你们也要走吗?"

"可……可是……"

"他现在已经无药可救,所以请你们回到自己的座位上。"

堀北抑制住她们想要跟上去的心情,叫剩下的所有人回归原位。

现在最重要的是调整状态,确定好班级今后的战略方针。

"没想到高圆寺你居然还乖乖待在这儿。"

须藤对高圆寺的在场表示震惊。

"哈哈哈,我可是这个班的一分子哦,当然要留下来了。"

他的话不知有几分是真心的。

"不过这个讨论能不能一次结束啊,我可是很忙的。"

"这就有点儿难办了,这次特别考核的应对策略不是随随便便就能决定好的。就算确定好了考核项目,要想赢,还需要长期的练习。"

堀北站在讲台上,她的话直接否定了高圆寺。

高圆寺没有反驳,嗤嗤一笑。

"那看样子我只能参加这次的了。"

到头来高圆寺还是如此固执,永远不会配合班级的战略。须藤站了起来,不过又被堀北的眼神制止,重新坐下。堀北明白,要是又闹起来,正事就永远没办法推进了。

"那我只好努力让你下次也参加。"

高圆寺笑了笑，架起胳膊跷起腿，一副拭目以待的样子。

"堀北，关于比赛项目，我有一个简单的问题想问一下。"

"池同学，请说吧。"

池举手站起。

"虽然一共有七个比赛项目，但我们是不是没有出场的机会啊？"

"'我们'指的是？"

"嗯，简单来说就是没有那么厉害的学生。如果有人运动和学习都不突出，是不是就没有机会上场了？并不是所有的项目都需要很多人，要是只选择那些需要精锐作战的项目，那不是很多人都不用参加了？"

每个班都有四十个人左右。

就算选择一两个多人作战的项目，七个项目也就需要二三十个人。

这样组合下来，将近半数的人都不用上场了。池应该是这个意思。

"那可不一定，要是有一个需要二十个人的项目呢？"

惠插了一句。

"轻井泽你是不是笨啊，就算是足球，一支队伍也只需要十一个人，怎么可能还有需要更多人的比赛啊，我可是一个都想不出来。"

"嗯……棒球呢？"

"棒球是十个人吧，比足球还少。"

"棒球是九个人。"

堀北立刻指正。

"嗯……所以说用不了这么多人啊。"

"不，还是有的吧？美式足球和英式足球一样是十一个人，橄榄球好像是十五个人。"

须藤列举出其他需要十名以上参赛选手的比赛项目。

"但是橄榄球这种项目能成功吗？我可是连规则都不知道啊。"

这种运动算不上小众，但对于没有接触过的人来说绝对是一个未知的领域，体育课上也不会学，A班的学生应该也不例外。

我们也不太可能从现在开始练习橄榄球。

而且学校那边能不能通过还是个未知数，这对所有人来说都没什么好处。

"所以啊，我们都不用上场了。"

"你想说什么？"

"我想……我们是不是之后就不用像这样聚在一起讨论或者练习了呢？"

"我知道你只想轻轻松松的，把不想做的事情强加给你也只能给你带来负面的精神压力，还会耽误了你珍贵的休息时间。"

"我……我不是这个意思……"

"我认为这场考核需要我们所有人携起手来共同面对。"

"说一说理由，如果说服了我，那我一定会全力支持。"

须藤说道。

"需要多少名参赛选手还要看对方的规则。假设对方提出了排球这个项目，正常来说每支队伍是六个人，但对方可以通过改变规则来调整人数，例如在三十分钟的比赛时间内，每十分钟全员轮换一次的话，参赛人数会发生什么样的变化？"

"嗯……六个人每十分钟轮换一次……"

那就是十八个人，几乎占到了全班总人数的一半。

而且因为每次只需要六个人，无论哪个班都有足够的学生可以派出，该项目很容易获得校方的认可。

"若是这种项目不止一个呢？对方可能会通过设计规则让我们每个人强制上场两三次，所以我们需要提前做好心理准备。"

一切都会受到A班的项目与规则的影响，他们甚至会在前期特意安排这样的项目来蒙蔽我们的视线，让我们阵脚大乱。

"可能到现在还有人搞不明白，那我直说了，这次考核的复杂程度超乎想象。"

到时候说不定会出现一些奇奇怪怪的项目，有池之前说的猜拳，还有扑克牌等项目也不奇怪。

反正目的就是取得四场及四场以上的胜利，所以需要做的就是选择能赢的项目，以及合适的选手。

"我今天也不打算一直把大家留在这里。"

因为就算这样也不一定能想出什么好主意。

"今天我首先给大家留一个任务，回去想一想自己擅长和绝对不会失败的项目，截止时间为明天放学前，现在还无需将个人战和团体战考虑在内，单纯想想这个问题就可以。"

五个项目里，肯定会有一对一的项目，因为不需要考虑团队协作等不可控因素的影响，每个班都会派出绝对可以赢过敌人的选手参赛。反过来说，要是输了，那后果也是不可计量的。所以找出拥有无敌技能的学生迫在眉睫。

"可要是没有得到校方的批准也不行吧？谁知道他们的标准是什么啊……"

太冷门的项目和规则会被校方否决掉。

大部分学生应该都对此抱有疑问。

"还不用担心这个，能不能通过学校的审查这个问题等我们汇集了大家的答案后再做打算，现在无论什么项目都可以先说出来看看。"

"所以格斗游戏、卡拉 OK 之类的都可以？"

"嗯，不限。"

堀北再次确认了这一点，告诉大家不用担心。

她的做法应该是对的。最重要的是先了解大家擅长什么。

"要是没有一个项目很厉害呢？"

波瑠加提问。

"没有自信的话可以交白纸，逞强会给班级带来风险。"

尽管可供选择的项目越多越好，可也没有时间来一个个审查。堀北的想法没错，我可以继续旁观。

"这样就可以了？讨论这么快就结束了？"

"时间短一点儿，也方便你下次参加，难道不是吗，高圆寺同学？"

"说一次就一次，我不会再参加了。"

"……但要是你不完成今天的任务，也算不上完整参加了一次吧。"

"任务是考虑擅长的比赛项目对吗？"

高圆寺用手撑着下巴，不改脸上的笑容。

"没错，要是你不给我一个回复，怎么能算是参加了呢。"

　　堀北的目的是逼他参加第二次班级讨论。

　　高圆寺优雅起身，对堀北说了一句话。

　　"我没有不擅长的，因为我是 perfect human（完美的人）。"

　　"你有信心不管遇到什么对手，不管是什么项目，都一定能取得胜利吗？"

　　堀北的言语中带有一丝挑衅，可她还是不得不对他抱有期待。

　　高圆寺会怎么回答呢？

　　"赢得参与项目比赛的胜利，原来如此，我只要保证这一点就可以了？"

　　"是的，只要你能做到这一点，其他事情都随你的便，你也不用再参加班级讨论，我之后也不会再打扰你。"

　　"喂，铃音。"

　　须藤慌了，可堀北还在继续。

　　"但是你记住，要是你到时候不上场，或是输了……没有人会再信你说的话，你在班里的信誉会降到谷底。"

　　堀北真是下了一手好棋，这样一来，到时候就可以物尽其用，任意安排高圆寺了。高圆寺无论是学习能力还是身体素质都属一流，唯一的缺点就是性格，与其浪费了他的能力，倒不如现在就设计让他必须参加比赛。

高圆寺会对此作何反应呢?

正要走出教室的他停下了脚步。

"那我就先告诉你,不要以为说这些话就可以吓住我。我是天才,拥有不输给任何一个人的能力是事实,但也不要妄想我会为你们做什么,做决定的是我自己。"

高圆寺的回答相当于拒绝,因为他根本不在乎自己以后是不是会被怀疑,在班里有没有信誉,他只会做自己想做的事情,随心所欲。

留下这句话后,高圆寺再次迈开步子,离开了教室。

"……一般的手段对付不了他呢。"

"那个家伙,真是自不量力……什么天才,什么不输给任何一个人,我用篮球能打得他满地找牙。"

我理解须藤的意思,不管是多么优秀的人,都不可能是真正的全才。

谁也不知道高圆寺能不能在篮球这项运动上赢过须藤。

"他当天要是能参赛的话,对我们是有好处的,不知道刚刚的话他听进去了多少,我们只能走一步看一步了,对吧?"

"话是这么说……"

高圆寺若是出场,胜算很高,他的大言不惭与满溢出来的自信都是实力造就的,这是事实。须藤也明白这一点。

"他真的会认真参加比赛？"

"谁知道呢。"

就像高圆寺说的，一切都只由他自己决定。

## 2

第二天早上。

堀北一来到教室就对我说："我决定不把平田同学算进战斗力里了，至少这次考核先不算。"

昨天，平田无言拒绝了连高圆寺都没缺席的班级讨论。

看到他那副样子，堀北会做出这样的决定也是自然。

"你的判断是妥当的，要不然风险太大。"

强行让他参赛可能适得其反。

"如果他只消沉这一阵还好，关键是他的这种状态可能一直持续下去。"

堀北的担心并非多余。

大家都期待着平田能早日回到原来的状态，只是现在找不到合适的方法。

"实在不行，放任他退学也是一条路。"

堀北听到我的话有些震惊，但很快就恢复了冷静。

"嗯……是的，这些事情以后也必须考虑，还好他这次没有提出要当司令官。"

本来是很有可能的。

主动提出担任司令官，然后故意失败退学，这对他来说易如反掌。

可尽管他对这所学校已经没有了任何留恋，但他也不想给别人添麻烦。

作为惩罚，出现退学者的班级会被扣分，所以他才没有为了退学故意提出主动担任司令官。看来他想安安静静地退学，不想跟班里的人添麻烦。

不过，这只是现在。

"可是，他并不一定会一直当好人，要是哪天自暴自弃了……"

"没错。"

要是真的像堀北说的那样平田变得自暴自弃，谁也不知道他会做出什么事来。

不光是退学，甚至有可能让整个班都为他陪葬。

"所以说他现在是个危险人物，我不想让他上场。而且之后的班级行动也要想办法不诱发他做出什么过激的行为。"

平田最讨厌的就是C班的内部矛盾。

为了避免这一情况的发生，堀北才从一开始就积极统筹全班。

"真是不容易。"

"你是司令官，接下来要做的事情也很多。"

"那些全部交给你，司令官介入的部分，你应该也有主意。"

堀北立刻瞪了过来。

"你这样能赢过坂柳?"

"谁知道呢。"

"你这是什么态度……我可是想取得胜利的，你能不能多参与一些?"

不说我也知道她的目标是什么。

"你想象一下这个场景，我每天积极参与班级事务，分配各项目的成员，制定司令官介入规则，做好这一切。"

我越往下说，堀北的表情越僵硬。

"……我完全想象不出来那一幕。"

"对吧?"

我始终是站在班级暗处的人。就算成了司令官，这一点也不会发生变化。

突然四处发号施令反而会引起别人怀疑。

还是以堀北总结制定的策略为基准展开行动比较好。

我们正说着话，教室里的氛围突然发生了改变。

是平田来了。大家虽然心里在意，可都选择不去直视他。

"早……早上好，平田同学。"

小雨向踩着点来到教室的平田打招呼，在这种情况下和他搭话是很需要勇气的，但被平田无视了。

他没有任何回应，静静来到自己的座位坐下。

小雨笑颜依旧。

"谁能想到呢，现在这个状况。"

"完全料想不到。"

小雨的努力化为泡影。平田还是老样子，并不打算与人交流。

"不过只有她一个人还在锲而不舍地向平田同学问好呢，在我印象中这两个人的关系似乎没有这么好……"

堀北也意识到了小雨对平田的特别对待，产生了疑问。

"因为她关心同学吧？"

"那她怎么不关心其他同学呢？有点儿说不通。"

"确实。"

山内退学的时候也没见小雨表现出特别的关心。

这么说来，她坚持到现在的理由大概就只剩那一个了。

"是……恋爱吧。"

"也只有这一种可能了……真是的，无聊。"

堀北架起胳膊，摇头表示无法理解。

"是不是不能再让平田分走班里同学的注意力了啊……"

她希望在这一段时间里，所有人都能把平田的事情先放下，集中精力面对考核。

"这应该不太好办吧？"

"不，现在除了她，已经没有人主动和平田说话了。"

平田对所有人都采取无视的态度，即便是积极主动如小雨一般的学生也不例外。

这时候确实不会再有什么学生往上凑了。

"不管她的动机是什么，现在不能在平田身上再浪费时间了。"

堀北思考着能让小雨放弃的方法。

"凡事有个度，现在已经明显出现了不好的影响。"

"嗯，平田对考核没有兴趣也是事实。"

而且平田的举动每每都会导致班级的气氛恶化。

被完全无视了的小雨没有气馁，她再次向平田靠近。

"平田同学，今天中午……"

小雨可能是想邀请平田一起吃午饭，但……

"你能不能放过我。"

"我……"

平田些许冰冷的话语在教室里回荡，他拒绝了小雨的邀请。

"你很烦。"

他的回答里没有任何的感情。

"我……只是想……和你……一起吃午饭……"

拼命保持笑容的小雨最后还是绷不住了。

"我是绝对不会和你一起吃午饭的。"

话说到这份上，已经没有任何希望了。

可以明显发现，许多女生将视线移向别处，她们不愿看到这样的平田，逃避着眼前发生的事情。

"喂，洋介，你这话是不是说得有些过分了？"

惠说话了。或许在这种情况下，她必须要说点什么。

这很有可能是来自她朋友们的委托。要是平田能听进去，惠的面子保住了，班里也能暂时恢复平静。

可是……

"请你不要直呼我的名字，我们之间已经没有任何关系了。"

"确……确实，那平田同学，你对小雨说的话太过分了。"

惠改变对平田的称呼，再次向他大胆提出抗议。

作为女生的领导人物，她正完成着自己的任务。

"你平时不就是这样的吗？"

平田不断反击。

"咦……我……我是为了班里……"

"你能不能安静点，不然的话……你明白的吧？"

惠还想要继续说些什么，但被平田的那句话给堵住了。

如果她再多管闲事，平田就会把他知道的一切都公布出来。话语里充满了威胁的意味。

平田知道她的弱点，惠心里很清楚这样做的后果。

"什么啊，烦死了，我不管你了。"

事情到了这个地步，惠也束手无策，无奈败下阵来。

"你打算继续在我旁边站到什么时候？"

轻而易举将惠击退的平田，再次对身旁一动不动、泪水在眼眶里打转的小雨发起追击。小雨无可奈何，低着头回到自己的座位。

平田应该也觉得，这下子总算是彻底解决了吧。

"现在班里的士气太低了。"

"高圆寺倒是一点儿都没受影响。"

在气氛沉闷的教室里，只有一个男人不为所动。

即便是刚刚发生那段插曲时，他也没有表现出任何关心，注意力都集中在了自己的事情上。

"为什么我们班都是些'问题儿童'？"

虽然我觉得堀北自己也是"问题儿童"中的一员，但还是不要多嘴好了。

## 3

不管班里气氛多么糟糕，时间并不会停止。

今日课程结束，迎来放学时刻。

这是第二次班级会议。严格来说，加上我没参加的那一次就是第三次。

考核已经开始三天，差不多该向前推进了。

平田照常立刻起身离开教室。

小雨很快做出了反应，她有些犹豫。

虽然站了起来，但迈不出那一步。

她的脑海里应该在重复上演着早晨被拒绝的那一幕。

于是又屈腿坐下。

"没错，别去……"

堀北残忍而又带有些许温情的话语在我的耳边响起，堀北还有其他学生都明白，现在还是不要管平田比较好。

以前还有男生嫉妒平田，发过两句牢骚，可现在也已经销声匿迹了，或许是他们不想乘人之危，又或者是因为对方是平田，所以才没有说什么。

"小雨，等今天的讨论结束以后，我们一起回去吧？"

栉田看出了小雨的精神状态不佳，向她搭话，表示关心。

"这种时候她还是靠得住的。"

"是的。"

栉田不会置苦恼中的同学于不顾。

如果没有办法帮到平田，至少也要帮小雨一把。

这同样也是她积累班级人气的方法，不过只要结果是好的，目的是什么都无所谓。

可小雨并没有点头答应。

"那我也先走了。"

高圆寺果然没有参加的打算，跟在平田身后离开了教室。

　　他一副大摇大摆的样子，就像是在向众人宣告自己的缺席已经得到了堀北的认可。

　　最终只剩下三十七个人参加讨论。

　　堀北无奈地目送高圆寺离开，起身来到讲台。

　　茶柱接着走出了教室。

　　"大家都想好了自己擅长的项目吗？"

　　"等一下，讨论之前还有一件事需要注意。"

　　启诚率先举手。

　　"怎么了，幸村同学？"

　　"我担心会有人偷听我们 C 班的谈话。"

　　就算关好了教室门，站在走廊外还是能听到声音。

　　"嗯，这所学校里没有一个地方是绝对安全的。"

　　"我们是不是应该做点什么？比如安排人把守在教室外面。这样直接讨论，确实存在风险。"

　　"没错。"

　　堀北点了点头，表示赞同。

　　"但我觉得派人看守的方法不妥。"

　　"……为什么？"

　　"安排人守在教室外面，是在警告经过的人不要靠近吗？走廊是所有学生公用的空间，我们 C 班没有权利不让别人使用。"

　　如果妨碍了别人的正常通行，还可能被投诉，受到学校惩罚。

"所以这个方法没什么用。"

"难道要冒着所有信息都被泄露的风险在这儿讨论？谁擅长什么不擅长什么，把这些情报都白白送给对手可不行。"

"用这个就可以解决这些问题。"

堀北拿出一个东西，是手机。

"我们可以创建一个全班的聊天群，专门用来讨论这次特别考核相关的内容。部分可以口头交流，但重要的事情都通过手机进行沟通，这样一来也不会有被其他班偷听的风险。"

启诚觉得这个主意不错。

"原来如此……这就避免了许多麻烦。"

"那我来建群吧。"

说话的是栉田。

堀北没有说什么，因为栉田应该是唯一一个拥有全班所有同学联系方式的人。

"那个……"

在堀北和启诚说话的间隙，小雨站了起来。

"不好意思，我今天还有……还有其他事……"

"其他事……是要去追平田同学吗？"

小雨点头回应栉田的问题。

她移动着自己沉重的脚步，想要去追平田。

"等一下，你现在做的事情没有意义。"

"这句话……是什么意思？"

面对堀北的质疑，小雨罕见地以一种强硬的口吻反问道。

"他现在发挥不了什么作用，连你也会受到影响。"

"我没办法抛弃他。"

"这不是什么抛不抛弃的问题，只是现在暂时先不去管他。"

"那你打算什么时候帮他一把呢？"

"……这要看他自己。"

"不对，你说的不对。"

堀北的话小雨还是没有听进去，抬腿走出了教室。

"真是的……现在必须放手才行。"

其他人都没有动作。

"我先离开一会儿，大家不要走，等我回来。"

堀北表示自己会去把小雨追回来，大概觉得这件事必须由她亲自去做。

"一团乱麻……因为平田我们现在都没办法好好讨论正事。"

启诚忍不住抱怨了一句，不过这也是情理之中。

已经到了第三天，我们班还是没有任何进展。我站了起来。

"喂，绫小路，你去干什么？铃音说了要我们等着。"

须藤提醒我不要轻举妄动。确实，这样一个接一个找上去只会让情况更严重。

"明白。"

"你明白什么了啊？喂！"

我追了出去，叫住刚刚来到走廊的堀北。

"堀北。"

"……我刚刚应该说过让你们在教室等我吧。"

"我知道你打算强行把小雨带回来，但你没必要亲自去，我来吧，班里需要你。"

"你也是司令官，同样没办法置身事外，不好好分析班级战斗力，难以发挥出司令官的作用。"

"你会想办法的，我什么也做不了。"

"这……"

"你能解决平田的事情吗？"

"我……"

"该去的人不是你。"

堀北本人就是导致平田崩溃的原因之一，她不应该再接近他了。

"那你觉得这件事……有解决的可能吗？"

"这要看周围人的努力。"

"要是这样就可以的话，那这件事早就解决了。"

不只是小雨，众多学生都向平田表示过关心。

正因为一点儿效果都没有，堀北才对小雨的做法是否可行产生了怀疑。

"这个话题之后再聊，要跟丢了。"

"你早点儿回来。"

堀北向一位老母亲一样目送我离去。

不过我刚走出去没多远，就和桥本撞了个满怀。

这不是……单纯的偶遇吧。恐怕是来监视 C 班的。

可能我和堀北刚刚的谈话也被他听到了。

桥本没有做出任何惊讶的样子，饶有趣味地笑着跟我打招呼：

"哟，绫小路。"

我现在可没有工夫和他闲聊。

"抱歉，我现在有急事。"

"如果你是要去追你们班同学的话，往那个方向。"

我轻轻点头，朝他所指的方向走去。

这两天平田的行动模式完全一样。

放学后肯定会直接回寝室。

## 4

走出教学楼没过多久，我就发现了小雨。

她的前方就是平田归去的背影。

虽然小雨刚刚鼓起勇气冲了出来，但还是只敢默默跟在平田身后。

被拒绝的记忆应该还深深刻在她的脑海里。

"你不喊他吗？"

"……绫小路同学。"

小雨看到了我。

我们两个人并肩走着，盯着平田的背影。

"我有点儿不太敢……"

毕竟她刚被拒绝。

"那你为什么还要追出来呢？其他人差不多都放弃了。"

"是啊……为什么呢？"

她可能没有仔细思考过这个问题，陷入了沉思。

不单单是因为喜欢平田吧。

片刻的思考过后，小雨可能是想到了什么。

"大家现在都说应该让平田同学独处。但是……我觉得这样不对。痛苦的时候，伤心的时候，我们更应该陪伴在他的身边帮助他，不是吗？"

所以她才追了出来。

"就算你自己被他讨厌了也没关系？"

一次还好，反复接触平田，得到的回应也会越来越粗暴。

谁知道下一次平田会不会彻底爆发呢？

"……不。"

小雨似乎想起了平田拒绝自己的画面，左右摇头。

"我不希望这种情况发生……但是这样至少能让平

田同学知道自己并不是孤身一人。如果他事后回想起来，感觉当时的自己得到了救赎的话……就算被他讨厌了，我也坦然接受！"

她这是为了不受挫而麻痹自己。

可她眼神里的坚定却证明了她的话毫无疑问发自内心。

"我错了吗，绫小路同学？"

"不，你是对的。"

现在对平田置之不顾绝不会让事情好转。

只会让他深陷沼泽无法脱身。

"那我现在就到他身边去？"

"嗯。"

小雨加快了沉重的脚步，向前缩短和平田之间的距离。

不管我的做法会不会受到堀北的怒斥，现在只有这么做才是最好的。

这种所谓的"善良"，伤害性最大，也只有这样才能将平田逼至绝境。

过不了多久他大概就会彻底崩溃，选择强行退学。

我一个人往回走，桥本正在教室附近摆弄着手机，他看到了我。

"哟。"

"搜集到了 C 班的情报吗？"

"很遗憾，没有。你们最重要的部分都是通过手机交流的，我无从下手。"

桥本耸了耸肩，将手机收起来。

估计是偷听到了我们之前商量好用手机组群聊天的模式进行讨论的计划。

"我在等你回来，追到了吗？人呢？"

"如你所见，我一个人回来的。"

我并没能将小雨带回来。

"你们班花再多的心思也还是不能团结在一起，真是不容易啊。"

"不容易的是堀北，她负责统筹全班。"

"你只不过是手里有保护点数罢了，有必要当这个司令官吗？"

桥本巧舌如簧，费尽心机想要尽可能从我口中打探消息。

"我们的对手是 A 班，基本没有什么胜算，既然退学已成必然，又只有我一个人还有退路，那除了我别无选择。"

"这倒是。"

桥本对于我的回答似乎不太满意，但他好像放弃了尝试，迈开步子。

"我只是来稍微打探一下的。我们班那位大小姐早就告诉过我是无用功，不要来，但我想着能听到一点儿算一点儿就来了，不过看样子你们也不蠢。”

他拍了拍我的肩，朝着出口的方向离去。我目送他离开后，回到了教室。班级项目选择讨论会已经开始了，我用眼神示意堀北行动失败，没能把小雨带回来，然后回到了自己的座位。堀北没有再多说什么。

手机上关于每个人长处和短处的讨论已经有了一定的进展，半数以上的学生给出了他们的答案。

和我自己本就掌握，以及通过惠得到的信息基本吻合。须藤是篮球、小野寺是游泳、明人是弓道，大家首先把自己擅长的运动列举了出来。此外，像堀北和启诚这种对学业有自信的学生则列举出了自己能得高分的科目。不过，和运动等比拼个人特殊技能的项目不同，学习相关的比赛更加看重一个人的能力所到达的高度，竞争压力很大。

“绫小路同学，走廊有其他班的学生吗？”

“刚刚还在，但在注意到我们用手机讨论以后，就离开了。”

“嗯，这也是自然。”

须藤知道了现在没有人监视我们，直接冲到了前面，向堀北提出要求：

“篮球，一定要把篮球算进去！”

“我不怀疑你的实力，不管对手是谁，你都能取胜，是这个意思吧？”

"篮球也有很多种比赛模式，一对一的话，我一定能赢。"

正式篮球比赛时每队需要派出五个人进行对决，但也有其他模式，须藤提出的一对一就是其中之一。只要把规则制定好，是一个绝对会被采用的项目。

"嗯，如果是一对一的话，我相信你一定可以为我们赢下一局。"

"绝对的。"

"然而，这次的特别考核没有这么简单。"

"这是……什么意思啊？"

"我们只能选择一个一对一的项目。"

在项目选择相关规定中有这样一条。

**每个项目需要的选手人数必须不同**

"要是没有这样的规定，那我们只要派出每个项目里最厉害的那个人就可以了。我们班的小野寺同学擅长游泳，完全可以单独派她出战游泳项目。"

并且有很大概率将胜利收入囊中。

当然也有可能会碰上男生，但凭小野寺的实力，即便如此也可以和对方一决高下。

"如果是英语考核，我们可以派出每次英语成绩都接近满分的王同学。我们班里有不少这样能在一比一的项目中脱颖而出的学生。"

本以为自己胜券在握的须藤，表情逐渐阴沉了下来。

"我对篮球不了解，就问问你，假设进行五比五的正式对决，派四个不擅长运动的女生和你组成一支队伍，这样你也可以确保取胜吗？"

"说实话，要是对方实力不怎么样的话，我一个人倒是也能打得过……可如果对方的队伍里有专门练过篮球的……那我也没有自信。"

"嗯，你很诚实，没有在这里说一些毫无意义的空话，对于这一点我很敬佩。"

接着，堀北补充道：

"丢掉篮球这个项目确实可惜，你也好好想想，五比五的模式下，选择哪些队员能够在不浪费战斗力的情况下确保胜利。如果你的答案可以说服我，那我就和你保证把这个项目放进去。"

"明白了。"

须藤点点头，看来他把堀北的话都听了进去。

他回到自己的座位，思考目前的处境。

这一切确实很难安排。须藤运动神经发达，篮球无疑是能够最大程度发挥出他能力的一个项目，但把他安排到其他项目里也没有问题。在这样的一场考核里，在很多地方都能发挥出他的优势。

我们需要知道的是，不可以随便消耗掉一比一的项目资格。

最终要不要将篮球放进去，还需要冷静考量，即使按照五比五的比赛模式我们有胜算，对方也不是傻瓜，看到我们所提出的十个项目里有篮球，就一定能猜到我们会派须藤出场。他们可能会组成强劲的队伍，制定详细对策，守住须藤，从而获取胜利，抑或是完全放弃这一战，在其他项目里下功夫。

大家反复讨论着这个话题。

我装作在看聊天记录的样子，实则关闭了群聊。

反正我是司令官，不需要汇报自己的情况。

我依旧采取表面上参与讨论，实则将详细的部署安排全部交给堀北的形式。

讨论大概持续了一个小时左右，堀北终于收集好了一部分的信息，接下来将由她单独进行筛选吧。

## 5

周四早晨，上学路上。

春天快要到来了，但今天的温度比往年这个时候都要低。

"早上好，早上好，真冷呢。"

我身后传来了充满活力的声音。

不知道对方是在和谁说话，我选择了无视，继续往前走。

结果那声音突然变得慌乱起来。

"咦？等等！绫小路同学？"

原来对方是在跟我打招呼啊。

我回过头，原来是 B 班班主任星之宫老师。

"你等等我啊！"

她冰冷的手一把抓住了我。

女老师在大庭广众之下自然而然地握住男学生的手，似乎有点儿欠妥。

"不好意思，我不知道您是在叫我，有什么事情吗？"

"没有事情就不能和你打招呼了？"

她没有松手，只是抬头看着我。

这是自知可爱的人才会有的行为。

可能是受到了栉田平时举手投足的影响，我对这些事情也没有以前那么迟钝了。

"不是这个意思……"

我手腕用了一点儿劲，强行甩掉了她的手。

她看到我的举动，不知为何，脸上露出了坏笑。

"喂喂，你是不是交到女朋友了？"

"并没有，也没有这种可能。"

"咦？是吗？在这么好的环境里，真是浪费呀。"

不知道她嘴里的"好环境"指的是什么。

"真是不懂你们。"

她在我耳边低语。

"这所学校的环境很容易让男女同学之间发展成为恋爱关系呀。"

"为什么呢?"

我反问道。但星之宫老师并没有立即回答。

"你真的不懂吗?"

"嗯,完全不懂。"

听到我的肯定,星之宫老师砰砰敲了两三下我的肩膀。

"看了一圈,莫名感觉你有点儿可爱了。"

这个人到底要说什么?我一头雾水。

"我先解释清楚……我可是为这种情况感到担忧。我之前就觉得男生和女生住在同一幢宿舍楼里不太合适。"

"是吗?"

反正房间是分开的,我倒并不觉得有什么问题。我想从她身边逃开,可只要我一动,对方就又会凑过来。

"我从朋友那里听说过这样一个故事。据说某公司有这样一个传统,每年新入职的员工都要住在公司宿舍①进行为期两个月的研修。每个房间住两个人,当然,男女分开。"

"哦。"

---

① 日本公司的宿舍楼基本男女不分栋。

每次我想逃开她都会再次跟上来。我放弃了，打算先听她把话说完。

"然而呢，两个人共用一个房间的话就很容易产生矛盾。有一个男生特别讨厌纳豆，不单单接受不了纳豆的味道，光是看到都会觉得难受。所以他和室友说的第一句话就是不要在他面前吃纳豆。可是呢，他的室友正好超级爱吃纳豆，以为只要不逼着他吃就不会有什么问题，所以一起住的第一天就在他面前大快朵颐。结果就是，他非常生气，两个人闹得很不愉快。"

她到底想要说什么？这和男女同住一幢宿舍楼没什么关系吧。

"你大概觉得我在说什么题外话，但这正是事情的关键。"

她继续往下说：

"后来他们的冲突被公司知道了，公司就取消了合住制度。从第二年开始，每个新人都有了自己的房间，和这所学校的宿舍情况差不多。然而，和前两年相比，出现了一个很大的变化，你觉得是什么呢？"

"出现了男女关系的问题吗？"

"嗯，之前就算有情侣，也就能成那么一两对，但变成单人房间以后，数量直接上升到了七八对。如果是以前，有喜欢的人到自己的房间来玩，不是也会有一个'电灯泡'在吗？所以为了避免不必要的流言，大家都比较小心，尽量避免发展成为恋人关系，然而……"

单人房间就不会有这种担忧，恋人可以悄悄见面，还不用担心会有奇怪的流言。

"恋人的数量也就急剧上升。"

所以她才会惊讶于我还没有女朋友。

"那我想问问您，在我们这届学生里，谈恋爱的多吗？"

"今年好像不太多。"

既然如此，那她干吗在这儿跟我多费口舌？

不过我不能把这种想法说出口。

"所以老师您的理论不就错了吗？"

"没有。"

她一口否定。

"你们现在身在福中不知福。"

她有一种迷之自信。

"你们早晚会后悔的，何不趁现在好好谈个恋爱呢？"

学生难道不应该把学业放在首位吗？她知道自己在说什么吗？

我很清楚这个世界上的老师也是多种多样的，但能说出这种话的老师着实让人摸不透她的心思。

"那我可以问您一个问题吗？"

"咦？你想问我可以接受比自己小多少岁的恋人

吗？对不起，高中一年级的男生还是太小了点儿……"

"我完全不是这个意思。"

"我知道啦，就是想逗逗你。"

我不知道搞笑的点在哪里，我们的对话越来越奇怪。

"你想问什么？问吧问吧。"

她又把自己岔开的话题强行拉回来。

"虽然您刚刚说了支持学生谈恋爱，但如果是不同班级的学生成了一对，那应该挺难办的吧。"

"为什么这么说？"

"因为班级间是竞争关系，容易产生矛盾。"

我说出了自己的看法后，星之宫老师显得很有兴趣。

"这难道不是很棒吗?！"

"……咦？"

"一般来说大家都会为了自己的班级全力以赴，对吧？可要是自己的男朋友或者女朋友在另一个班，而两个班是竞争对手，那么就会自然而然地产生苦恼和纠葛，衍生出电视剧般的恋爱剧情。"

她似乎被自己说的话感动到了，不住地点头。

"原本理所当然的对手关系变得错综复杂，难道不会让竞争更加激烈吗？"

"可能会吧。"

实际上也是这样啊，在这种情况下有学生为了恋人而背叛班集体也不是完全不可能。

而且从一个领导者的角度来讲，基本上没有办法掌握并管理好这些事情。

"你们在说什么？"

"刚说完，故事的主人公就到了……"

主人公？她的话有些奇怪，可她本人好像完全没有意识到。

星之宫不说话了，和我保持距离。

"我们是在闲聊啦，佐枝，你不用露出那么可怕的表情。"

"他可是我们班的学生。"

"你好像很在意这个学生呢，不过马上就是特别考核了，我们很快就会知道绫小路同学的真实能力，毕竟他的对手可是全年级最为优秀的坂柳同学呢。"

"所以你没必要在这儿试探他吧。"

"啊，这倒是，不愧是你，佐枝。"

星之宫老师笑着和茶柱开玩笑，她的行动恐怕并非毫无目的。

在星之宫老师离开后，茶柱一直若有若无地斜眼看着我。

她好像比较在意我们刚刚的话题。

"你想知道我们刚刚在说什么吗？"

因为是在上学路上，我一边问她，一边观察着周围的情况。

茶柱没有回答，等着我继续往下说。

"是室友的事情。"

"室友？她真是……又做这种无聊的事情。"

原来她也知道。

或许所谓的"某公司"指的就是这所学校。而这里原来的宿舍分配也并不是现在的单人间，而是多人间。

算了，搞清楚幕后的具体情况并不难，但是，这些对我来说都无所谓。

## 陷阱、亲自下厨与请求

那天，发生了一件稀奇的事情。

到了午餐时间，我和绫小路小组的成员们一起去吃饭。

"一之濑，我们应该抗议一下！"

走在路上，我们突然听到了一阵躁动的声音，是一年级 B 班的柴田。同行的还有 B 班的一之濑和神崎。

"真是少见啊，柴田同学居然会这么生气。"

"确实意外。"

结合柴田平时的为人作风，波瑠加和明人会感到惊讶也在情理之中。

"是吗?"

平时和其他班的学生没什么交流的爱里对他的情况不甚了解。

柴田隶属于足球部，和平田不算同一类型，但也很阳光开朗，在学生中颇受欢迎。

据我的了解，他不是这种会大喊大叫的人。

"会不会只是偶然?"

一之濑对正在气头上的柴田说道。

柴田心里有自己的看法，他立刻否定。

"不可能，算上今天这可是第三次了！他们绝对是来找茬的。"

　　神崎注意到了我们，小心地提醒柴田。他的表情有些尴尬，只能看着我们假装平静，但也已经晚了。短暂的一阵沉默。

　　"你们现在准备去哪里吃午饭呀？"

　　一之濑和我们打招呼。

　　她不是向特定的某个人，而是向我们所有人打招呼。

　　大家和这位 B 班领导者没什么交集，一时不知该如何作答。

　　旁边的波瑠加悄悄拿胳膊肘捅了捅我，我只好暂时作为代表回答一之濑的问题。

　　"……嗯，我们打算去咖啡馆，怎么了？"

　　"这样啊，好巧，我们也是。"

　　一之濑兴奋地拍了拍手。

　　我感觉有点儿怪怪的，一之濑以前都会看着我和我说话，但这次她没有，甚至连视线都没有移向我这边。

　　"可以的话，我们要不要一起吃午饭？"

　　这个邀请确实出乎意料，我们面面相觑，不知所措。

　　"一之濑，你这是在干什么？"

　　神崎也没料到一之濑会这么说，他慌忙问道。

　　"我们的对手又不是 C 班，吃个饭没问题吧？"

　　"虽然道理是这样没错……"

神崎好像不太欢迎我们的加入。

可因为是一之濑的决定，他也没办法拒绝。

与此同时，我们几个人依旧不知如何是好……

"时间宝贵，那我们走吧。"

接收到一之濑面带笑容的"指令"，我们自然是没办法拒绝的。

## 1

我们在咖啡馆的角落找了两张桌子拼起来作为临时的饭桌。

这是 B 班和 C 班的奇妙组合。

"抱歉啊，突然邀请你们，今天由我来请客，不要客气哦。"

一之濑一边道歉，一边说道。

"可以吗，一之濑？"

听到一之濑说要请客，神崎的反应有些过激。

在上一次的特别考核里，一之濑为了避免因为班级内部投票而导致班里出现退学者，和龙园进行了一场交易。

当时她应该花掉了全班所有的个人点数。

就算她最近又筹措了一点儿钱，应该还是没有太多富余的。

"我们也只打算随便吃一点儿，还是我们自己出吧。"

　　我的话一说出口，小组成员们就立即点头支持。

　　"是我硬把你们叫来的，不用在意啊……"

　　"没事，这样我们更放得开些。"

　　我们想在一种平等的关系下吃饭——我找了这个借口。

　　"所以……你为什么要邀请我们啊？"

　　启诚再也控制不住自己的好奇心，询问一之濑。

　　"大家也都听到刚刚柴田同学的话了，应该很想知道原因吧？为了避免产生不必要的猜疑，我觉得还是告诉你们实情比较好，这样也不会出什么乱子。"

　　一之濑的判断从某种意义上来说是正确的，如果她不这样做，那我们肯定会继续围绕柴田生气的原因进行讨论，甚至有可能在无意中透露给更多人，导致事情扩大。

　　"可以告诉他们吗？"

　　"你觉得有必要如此防范？"

　　"我们没办法排除 C 班内部有人和此事有关的可能性。"

　　"即便如此，也没什么关系吧？"

　　"确实，我当时也只是随口抱怨了一下。"

　　柴田插了一句嘴，神崎立刻向他投去稍显锐利的目光。

　　"怎么了，神崎？"

"没什么……"

柴田并没有理解神崎眼神里的意思。

神崎应该是对柴田轻易说出口的"抱怨"二字有所顾虑吧。周围人并没有什么反应,所以这个小插曲也就过去了。

"既然他们都听到了,还不如把事情直接告诉他们呢。"

"……嗯。"

柴田直截了当的一句话让神崎无法再反驳。

"简单来说就是 D 班好像在骚扰我们,不是闹着玩的那种。"

"骚扰?"

柴田咬牙切齿地说道。

"我、中西,还有别府都遭遇了相同的情况,他们会莫名其妙地来找茬,或者跟踪我们,别府还被一言不发的阿尔伯特逼到了墙角,相当恐怖。"

神崎似乎意识到了事已至此已经没有必要再隐瞒,也加入到了对话当中。

"我们问过另外两个人了,骚扰确实是事实。"

也就是说在特别考核开始以后,B 班一部分的学生被 D 班盯上了。

"还没有发展到打架的程度吧?"

"目前还没有。"

　　D班现在还只是做了一些小动作，没有造成实质性的物理伤害。

　　但若是对方大打出手，必然会发展成大问题。

　　"他们是想施压，在正式考核到来之前几次三番做些小动作，目的就是让我们筋疲力尽，当天难以发挥出全部实力。"

　　"真是够了，D班本来就够可怕的了，C班之前不也是因为他们被卷进了麻烦事里吗？"

　　柴田说的应该是须藤和石崎、小宫他们的冲突事件。

　　这时，一直在旁边默默倾听事情来龙去脉的启诚开了口。

　　"我作为其他班的人说这种话可能有点儿不太好，但这件事是不是也没有那么奇怪啊？D班的确给人印象不好，但现在这种情况下，D班在一定程度上要些手段也不稀奇，我们班也受到了A班近似监视的骚扰。"

　　"是吗？"

　　启诚点点头，告诉他们A班接近我们班的教室企图偷听的事情。

　　"那可能D班这次也是铆足了劲儿，想要打听一些消息。"

　　柴田听了C班的遭遇，对于眼下的情况有了更多的了解。

不过话说回来，还是 B 班受到的伤害更大。

"从实力上讲，如果正面作战的话，情况对我们班更有利，所以他们确实可能采取一些非常措施。类似这种校规允许范围内的骚扰，恐怕不会减少。"

神崎分析道。

但有一点令人在意，那就是 D 班目前只骚扰了 B 班的一部分学生。

是因为贸然接近一之濑和神崎的话风险比较高吗？

难道 D 班还有其他目的？

"感觉这些行为不像金田同学指示他们做的，难道是石崎同学？"

"有可能呢。"

"我明白大家的心情，但现在，我们只需要做好自己该做的事情就可以了，保持团结，统一步调，选出合适的项目，全心全意投入正式考核，不是吗？"

对于一之濑提出的以不变应万变的方法，B 班的男生都表示赞同。

"所以一之濑你们不打算对 D 班采取任何行动？也不准备提前侦察？"

"嗯，不准备。我打算正面应对 D 班下周提出的十个项目。"

看来他们打算全凭自己班的硬实力和 D 班抗争。

这样 B 班也不会被道听途说的信息所迷惑，确实是比较稳妥的方法。

"怎么说呢，你们 B 班，真是一个单纯的班集体。"

启诚很惊讶，他继续说道：

"一般来说，为了战胜对手都会不择手段吧？侦察或者暗地里威胁，只要是有效的都应该试一试。你们反倒什么也不做，完全相信自己班的实力，这一点我们确实模仿不来。"

C 班虽然表面上还未对 A 班采取行动，但也已经有人正想方设法地搜集 A 班的信息。

"话虽如此，也可能只是我们在那方面太笨了吧？"

一之濑微微一笑。

"总之，你想说的我们都明白，万一我们把柴田的事情说出去了，会对你们不利。"

启诚搞懂了为什么一之濑要特意邀请我们吃午饭。

让 D 班知道他们的骚扰行为确实给 B 班带来了困扰的话，只怕会助长这种行为。

那样一来，B 班所承受的压力会更大。所以他们决定采取毅然决然的态度，顶住当下的压力，让 D 班知道他们的小动作并没有用。

"嗯，我们希望这件事尽量不要扩散出去。"

"说出去对我们也没有任何好处，我们不想和 B 班为敌。"

启诚同意了一之濑的请求。波瑠加和明人，还有爱里都毫不犹豫地跟着点头。

"真的谢谢大家了。"

一之濑向 C 班的学生道谢。有那么一瞬间，她和我四目相对，空气中飘来一阵淡淡的柑橘香味。

她立刻移开视线，重新看向其他人。今天的一之濑果然有些奇怪。

不过，我没有必要多嘴说些什么。

## 2

吃完午饭，我们和一之濑等人分开后，波瑠加忍不住表达自己的感想。

"一之濑同学好可爱啊，刚刚最后那个笑容，实在是太犯规了，你们不觉得吗？"

"我……不觉得……"

"啊，小幸村光是回想一下，脸都红了。"

"才没有红。"

"别否认了，连女生都抵挡不了她的魅力，男生怎么可能没有感觉，绝对会一眼就被她攻陷。"

爱里疯狂点头表示赞同。

"小明和绫小路同学也是这么认为的吧？"

担心和启诚一样在这个问题上被她们缠着不放，我和明人苦笑着想搪塞过去。

"不知道是不是我的错觉……一之濑同学以前用过

香水吗？”

“啊，我也注意到了，闻起来好像是柑橘香？”

“嗯，这可能是最让我惊讶的一点了，她是不是发生了什么？”

“这件事你们三个人怎么想？”

这种事情问男生，问了也是白问。

“她喷了香水吗？可能只是今天想喷吧？”

启诚敷衍道。

只见波瑠加一脸不满地叹了口气。

“你们男生真是……神经大条，完全注意不到这些细节，对吧？”

“……别说这个了，看来不光是我们班，另一组的对决也不容易。”

明人不想在这个问题上过多纠缠，赶紧转移话题。

“D班为了赢什么事做不出来？说不定接下来的小动作会越来越多。”

启诚为了摆脱女生的揶揄，也赶忙接明人的话茬。

他们的预想应该是对的。

目前B班的受害者是三个人，接下来人数持续增多也不奇怪。

“他们现在没有了龙园，要是再不想想其他办法的话，就没有什么希望了吧。”

“而且，他们好像模仿了龙园同学的做法。”

没错，给对手施加压力这种行为也确实是龙园的风格。

"可是这么做也没什么用吧？B班不会因此破防的。通过今天发生的事情，我突然觉得我们的对手是A班或许是一件好事，因为我们好像完全不是B班的对手。"

"咦，小幸村你为什么会这么认为？"

"B班太团结了，他们从不骄傲自负，总是认真面对眼前的问题，在这一点上，恐怕没有一个班可以赢过他们。不管是什么项目，他们都会认真准备，所以我总觉得和他们相比，我们差太多了。"

B班会将自己所有的能力都提高到平均线以上。这是启诚所畏惧的。

"但是，就算他们的每项能力都超过了正常水准，赢不了也是白搭。"

即使七个项目里每个项目都能拿到八十分到九十分，一旦对手在其中的某几个项目上拥有一百分的实力，前者也就输了。

"关键就是我们都不知道当天会有哪些项目被选中。我们C班和D班在某几个擅长的项目上或许能取胜，但反过来也可能惨败。"

"这样啊……也许吧。"

爱里点了点头，接受了启诚的说法。

"咦，等等！"

　　在走廊拐角处，波瑠加抓住快步走在前方的启诚的手腕，叫住了他。

　　"怎么了……"

　　波瑠加赶紧捂住启诚的嘴，朝前方指了指。

　　指尖指向的是池和筱原。二人就走在我们前面不远处。

　　"喂，筱原。"

　　"什么啦？"

　　"你……"

　　"干吗支支吾吾的？你要说什么？"

　　我们安静下来，可以听到前面小声的对话。

　　"这周日……你……你有空吗？"

　　"这周日？我现在暂时还没有其他安排……咦，你问这个干什么？"

　　"怎么说呢，我就是想问问你，要不要这周日……一起出去玩？"

　　听着他们二人的对话，波瑠加和爱里一脸兴奋，与之相对的是，启诚和明人两个人直接呆住了。

　　"这周日是白色情人节吧？难道筱原同学之前把巧克力给了池？"

　　"有可能。"

　　筱原本来也是满脸的惊讶，慢慢也理解了眼前的状况。

"我之前不是收到了你的巧克力嘛……所以我想回个礼。"

"不过是义理巧克力①啦,不用放在心上,而且,你有钱吗?"

"多多少少存了一点儿……要是你不愿意的话就算了。"

"……我没有说我不愿意啊。"

"既然如此那就……"

"你……你别误会啊,马上就是特别考核了,这恐怕是最后的放松机会,而且还有人请客,倒也不坏。"

不知为何,我想起了今天早上星之宫老师所说的单人间多人间的话题。

或许在我不知道的地方,还有许多恋爱的种子正在发芽。

"走啦。"

"等等啊,现在正到关键呢。"

"别打扰人家谈恋爱。"

明人抓住波瑠加的后脖颈往反方向拽。

"再听一会儿嘛,听得人怪激动的。"

---

① 义理巧克力是一种为了向对方表示感谢,或者为了使双方的关系更为融洽而赠送的巧克力。通常由女方在情人节当天赠送。而送给真正心仪的人的巧克力则被称为本命巧克力。

"我听得可一点儿也不激动。"

"你们这些男生真是冷漠……对吧，爱里？"

"嗯，我也挺想听的……不过被发现了的话有点儿尴尬。"

"有道理，不过现在这种情况肯定是被发现的那一方更不好意思啦。"

毕竟要是在这里被我们发现了，好不容易燃起的火苗可能会受到影响。


### 3

考核的准备工作还在如火如荼地进行着。

放学后的聚集讨论变少了，取而代之的是大量 C 班专用聊天群的活跃互动。虽然高圆寺和平田还是不参与，但这种讨论形式完全不受时间限制，所以慢慢都转为了线上。

可能是这种更为轻松的讨论形式比较适合 C 班，大家都踊跃交换着意见。至少从外部看来是这样的。

我将当下的所有任务都交给了堀北。

考核的策略以及司令官的任务可以之后再慢慢考虑。

现在还有几个不安定的因素摆在眼前，首先就是高圆寺和平田。

特别是现在的平田，对堀北来说绝对是一块难啃的硬骨头。

不参加群组讨论也就意味着没有参与到特别考核的准备中来。

前者高圆寺倒是一如往常，可失去了平田，那就太可惜了。

自从那件事以来，平田发生了天翻地覆的变化，就像变了一个人似的。

说难听点儿，就像是一个囊肿，一块绊脚石，谁也触碰不得，只能在心中默默祈祷他能尽快回归。作为一名全能型选手，以前他在任何一个项目中都能发挥出巨大的作用，可现在实在可惜。

此外，还有其他不安定因素。

"……平田同学！"

小雨又跟在打算回宿舍的平田身后跑了出去。

不知道这已经是第几次了。

其他人一个接一个地放弃，只有她坚持了下来。

这是爱情的力量？不对……就算是爱情也还是说不通。

她心里肯定会担心，自己这样穷追不舍会不会招致对方的厌恶。

即便如此她还是坚持不懈地陪伴在平田身边，这到底是出于什么原因呢？

"总感觉，平田同学这次真是有点儿过分了……"

留在教室里的女生们在群里聊天，惠也是其中之一。

"是啊，轻井泽同学，你真的打算由他去了？"

"我觉得我再怎么说也没有用，反而可能招来他的怨恨。"

前几日平田的决绝还记忆犹新。

"是啊，平田同学被轻井泽同学甩了，再加上山内同学退学的事情……"

我没有对她们的讨论抱有太多关注，起身离开教室。

不过我今天的目标不是平田。

我在小雨之后走出了教室，我要找的是另一名学生。

"喂，现在有时间吗？"

我向那名少女打了声招呼，过了一会儿，对方转过头来。

"怎么了，绫小路同学？"

我的目标是栉田，她在此次特别考核期间并没有什么特别的动作。

没有提供帮助，也没有捣乱，只是作为班级一分子静静地度过了这些天。

如果是在以前，她一定会承担起半个负责人的任务，带领全班度过考核。

但这次完全不见她有所行动，个中理由恐怕有两个。

其一，经过上次班级内部投票的事情，她自身在班级里的地位出现了动摇。

虽然她是被山内"利用"，但帮助山内、设计让我退学也是事实，这件事人尽皆知，更加不好收场。

大部分同学都觉得她应该是无辜的，可是，枥田在意的并不是这些无关紧要的点。

而是这件事让她本来营造的好人人设出现了裂痕，伤害到了她的自尊。

其二，这次掌控大局的人是堀北。恐怕这才是最主要的原因。

枥田对于知晓她不堪往事的堀北没有什么好感。

此外，枥田在上次班级内部投票的时候被堀北痛骂了一顿，这对她的自尊心是一次致命的打击。

"你这次不打算帮堀北吗？"

我明知故问，想知道枥田究竟是何打算。

在人前，她时刻面带笑容，将她的真实想法隐藏于那虚假的面具之下。

如果不摘下她的面具，谁也搞不清楚她的真实想法。

"那我们边走边说？"

"好。"

枥田不想被别人听到我们的谈话内容，提出建议后就向前走去。

"你接下来还有其他的事情吗?"

"嗯,我和 B 班的朋友约好了一起玩。你是不是觉得这样不太好? 在这么重要的时期还想着出去玩。"

"不,适当的休息也很有必要,这一点大家应该都明白。"

一天二十四小时无时无刻不将考核挂在心上的人才是愚蠢至极。

该紧张的时候紧张,该玩的时候就好好玩。

"我什么都不做的原因……你应该明白吧? 上次出手帮山内逼你退学的事情弄得人尽皆知,在这种情况下,我要以什么样的姿态再来当这个班级领头人呢?

堀北的事情她倒是一句都没有提。

"感觉你不太相信我这番解释啊。"

"有点儿。"

"我先说清楚,我可不是因为这次特别考核的领导者是堀北同学才不帮忙的哦。"

"真的吗?"

"真的,真的。"

嗯嗯,她重重地点了两三下头,但是在撒谎。

"啊,你不信?"

我肯定是不相信的。就算我面无表情,栉田也知道我不会相信,所以她才会说这句话。

"绫小路同学你觉得我现在的真实想法是什么呢?

我想听你说实话。"

"嗯……"

她表面上是和蔼可亲的同学模样。

可实际上……

我想象着她面具下隐藏着的真实面容，她不为人知的本性。

　　"那个死女人！害我在全班同学面前出丑，我绝对不会原谅她！"

　　栉田青筋暴起，对着堀北劈头盖脸地一顿谩骂，所用之词全都难以入耳。

"……"

我单纯地想象着，自然没有说出口来。

"你脑子里刚刚是不是想着什么过分的事情呢？"

"没有……一点儿也没有。"

可能是过于沉浸在了想象之中，我连说话都有点儿不利索了。

我将那些不好的画面从脑子里清除，回归正题。

"如果你这次可以协助我，我会把那件事情烂在肚子里。"

"条件就是班级内部的信息……对吧？"

栉田很清楚这次的特别考核意味着什么。

"没错。"

"现在的绫小路同学在班里应该也有其他可以拜托的人吧？"

栉田依旧面带笑容，不肯立即答应。

即使是缔结了契约的关系，也无法让她消除心中的戒备。

我是敌是友，她还在心中做着最后的判断。

"其他人都没有你厉害。"

"你能这么说我很高兴，但我也有我的难处。"

"难处？"

"你明明知道的，绫小路同学。"

她的地位没有之前那么稳固了，这对她来说是一大打击。

耗费一年时间搭建的人设出现了动摇。

无疑，她在同学们之间的支持率依旧很高，但到头来那件事还是让她难以释怀。获得众人的信赖是一件难事，失去却就在一瞬间。

"那反过来我问你一个问题，要怎么样你才肯帮我？"

"这次就算了吧，直到我能安心在班级内部活动之前，我都想老老实实待着，好吗？"

意思是她这次不会帮这个忙，但也不会捣乱。比赛的时候，会尽量发挥自己的能力。

"不光是我，对堀北也是如此，我这么理解对吧？"

"嗯，你可以这么想。这段时间我也认识到啦，在这所学校里的日子还是很舒心快乐的。"

她会继续戴上面具，饰演她的好人角色。

椥田的话术果然不一般。

无法得到她的协助虽然可惜，但还是坦然接受这一现实吧。

"明白了，不好意思，我有点儿勉强你了。"

"没有，你能来找我，我还是很高兴的。"

在快走到一楼的地方，我与椥田分开。

她没有停下脚步，径直往商场的方向走去。

## 4

一周的时间转瞬即逝，很快就到了周日，三月十四日，白色情人节。

说实话，我还挺庆幸今天是周日。

桌上摆放着我准备好的几份回礼。

如果是需要上学的日子，我根本不知道应该在什么时间点把这些礼物送出去。

我不知道究竟是早晨上课前送比较好，还是下午放学后送比较好。

还有送礼的先后顺序和礼物给其他班学生时的递交方式等问题，要想的事情实在太多。

最重要的是我不想被周围人看到。

　　我知道没有必要在意他人的目光，可自己也确实做不到这一点。

　　但是周末就好办了，直接塞到对方信箱里就万事大吉。

　　为了避免和别人打照面，我一大清早就出了房间，前往宿舍楼的信箱处。

　　"嗯……"

　　我把礼物一个一个塞到之前送了我情人节巧克力的女生的信箱里。

　　在结束所有的投递工作之后，我正想往回走的时候，碰到了一之濑。

　　她的反应有点儿大，就好像看到了什么不该看到的东西。

　　"早……早上好，绫小路同学。"

　　"啊……啊，早上好。"

　　现在还不到七点，没想到竟然碰到了熟人。

　　今天的一之濑依旧没有和我对视。

　　"今天醒得早，我就出去走了走，刚回来。"

　　一之濑说道。她似乎正看着我，但其实目光停留在我身后。

　　看她的样子，应该是打算在回房间前先检查一下信箱。

　　"啊，请。"

我给她让出了路。一之濑向我点头致谢，然后确认信箱里的东西……自然有我刚刚放进去的礼物。

"你看了应该就明白了，这个算是……回礼。"

一之濑从信箱里取出小盒子，定住了，过了一会儿才想起来回复我。

"其实你没有必要给我回礼的……"

"那怎么行呢。"

"那……那就谢谢了，抱歉，我还不太习惯这种，有点儿紧张。"

跟我的想法一样，光是在这个时间点遇到熟人就已经够突然了。

气氛有些紧张，我还是换个话题吧。

"……对了，周四提到的柴田那件事，之后怎么样了？"

"啊，嗯，你想知道？"

"我有点儿在意。"

可能是因为这个新的话题对她来说比较熟悉，我感觉一之濑恢复了平常的状态。

"那之后我立刻找全班同学谈话，受到骚扰的确实只有柴田报告的那三个人，但是……"

"但是？"

"到了周五，受害者好像一下子变多了，另外又有三名男生和三名女生遭到了骚扰，不是被跟踪就是被搭讪。这些是昨天报告上来的。"

也就是说一共有九名受害者。

本来只有三个人，可到了周五直接增加了六个人。

"你知道是谁在骚扰你们班的学生吗？"

一之濑点点头，告诉我 D 班的那些学生的名字。

"我们知道的有石崎、小宫、山田、近藤、伊吹，以及木下同学。"

一共是六个人。

基本上也都是有过"前科"的学生。

并且他们的身份都暴露了，看样子并不打算藏着掖着。

"这六个人是不是并没有固定的跟踪目标呢？逮到谁算谁的那种。"

D 班里多是普通学生，这么想比较自然。

"下周一我打算再好好问一问。"

"如果受害范围继续扩大，你打算怎么办？"

骚扰甚至有可能波及一之濑和神崎身上。

"嗯，我也没有办法。对方并没有对我们进行暴力伤害……我们班的同学都同意先不做反应，有了实质性伤害再另说，我会安抚好大家的。"

为了应对可能出现的实质性伤害，B 班打算提前做好准备。

"这样啊。"

D班这次的行动确实奇怪。

他们的目标真的是 B 班所有人吗？

如果参与行动的只有那六个人，那么 D 班能给 B 班施加的压力应该并不大。

就算他们重复做着这样的事情，也最多被认作是骚扰，不了了之。

是因为石崎还没有考虑到之后的事情吗？

还是说，他们的目的就只是给 B 班一点儿精神上的打压呢？

"我的应对方式有错吗？"

一之濑察觉出了我的内心抱有疑问，不安地看向我。

"没有……现在你这样应对应该没有多大问题，毕竟就算向学校申诉，也给不了他们很重的处罚，直接去找他们理论反而正中他们的下怀。"

"嗯，是啊。"

倒是有必要去确认一下 D 班的真正目的，可一之濑似乎没有这个打算，所以我也就不多嘴了。她这次想要采取专守防卫①的策略。

"十个比赛项目，你们定好了吗？"

---

① 即使有防御上的需要也不会对对方实行先制攻击，仅对真正攻击过来的敌军实行打击，并予以击退的方针。

"嗯，我们班互相都比较了解，在我们擅长的项目里再加入一些 D 班应该会感到比较棘手的项目就好了，昨天已经全部确定好了，绫小路同学你们呢？"

"我这次什么都没有管，有关比赛的事宜全都交给了堀北。"

"可是，司令官的介入呢？"

"也交给了她。"

一之濑大概是没想到作为司令官的我这么不负责任，有些惊讶。

"是因为你很信任堀北同学吗？还是说……不管是什么样的项目和规则，你都能从容应对呢？"

"当然是前者。我和一之濑你可不一样，交好的同学很少，所以实在不了解班级情况。我担任司令官，也不过是防止有人退学罢了。"

"但是，你又为什么想要和 A 班对决呢？"

"这也是堀北的想法，那家伙可能是想到了什么获胜的方法吧"

一之濑说了声原来如此，也就没有再往下问了。

我们两个人一起等电梯上楼。

"啊……疏忽了……"

身旁的一之濑拿食指卷着自己的头发，好像是突然想起了什么。

"疏忽？"

"没……没什么，你不用在意。"

电梯运行，很快就到了我的房间所在的四楼。

"那我们就学校见吧。"

我下了电梯，回头告别，有一瞬间正好和一之濑对视。

"啊啊啊，再……再见！"

她慌慌张张地连续按下关门键，身影很快就消失在了电梯门后。虽然最后的告别场景有点奇怪，好在我已经完成了白色情人节的艰巨任务，还是不错的。

"今天没有闻到柑橘香味呢。"

大概因为是周末的清晨，她没必要特意喷香水出门吧。

## 5

周一早晨。

今天将会公布对手班级的十个比赛项目内容。

A班最终会选择哪些比赛项目，制定什么样的规则与司令官介入的方法呢？

在上学路上，我遇到了堀北哥哥和橘。

他们并非在专门等我，估计我们只是偶然选择了相同的时间出门。

橘一言不发，默默退到了我们身后。

她应该是为了不打扰我们接下来的对话。

　　长时间在学生会辅佐堀北哥哥养成的良好习惯，让她在这种时候可以迅速做出反应。

　　"特别考核还顺利吗？"

　　不愧是堀北哥哥，就算我不说，他也对我这边的情况有所把握。

　　"这个问题应该我来问，你能以 A 班学生的身份毕业吗？"

　　"那就要看下周的考核结果了。"

　　从他的脸上并不能看出他的情况如何。

　　"我们班可多亏了你的妹妹，看样子哥哥上场的效果非比寻常。"

　　"是吗？"

　　就像是被施加了什么魔法，现在的堀北表现出了无限的生机。

　　在平田没有办法领导班级的现在，她身先士卒承担起了统筹全班的责任。

　　现在的她正为了取得项目的胜利，而夜以继日地进行着分析与思考，制定出可以战胜对手的策略。

　　"一般来说，这个时候的高三学生早就可以休息了吧？"

　　"是啊，也是入学以后才有人告诉我，我当时非常惊讶，因为大部分的高中现在这个时候已经放假了。不过，在你们看不见的地方，学长学姐们也正在踏实进行着升学和就职的准备。"

　　原来他们在面对特别考核的同时还有着各种各样其他的压力。

　　"A班的所属还没有最终确定，要怎么决定升学和就职的事情呢？"

　　"你早晚会知道的。"

　　堀北哥哥没有再多说，这应该是不能透露给其余在校生的内容。

　　他们也只有在最后才能知道自己能不能以A班身份毕业。

　　"你有什么想问的可以问，我会在我能回答的范围内回答你。"

　　"感觉这个范围应该挺窄的吧。"

　　我开了句玩笑，没想到堀北哥哥竟然微微翘起嘴角，露出了笑意。

　　"有这种可能，你就当作是原学生会会长的身份限制吧。"

　　与学校机制相关的事情，他是不会轻易回答的。

　　"好不容易得到的机会，错过了有些可惜。话说我有一件事一直想问你。"

　　我利用这次纯属偶然的机会，向堀北哥哥抛出了这个问题。

　　"关于堀北……你妹妹的事情。我觉得她是一个优秀的人，学习能力还有身体素质都不错。从刚入学的时候开始，她的整体实力虽然不能说是顶尖，在所有学生当中也已经算是佼佼者了。虽然没有担任学生会长的你厉害，但也不至于遭到你的嫌弃，甚至不想认她这个妹妹吧。"

我感觉到了非常强烈的违和感。

"这所学校是全封闭式的管理，你和你妹妹相差两岁，所以这两年你都不在她的身边，仅仅是简单的会面，应该也不够你对现在的她形成一个完整的判断。"

他无法见到初二和初三时期的堀北。

而且就算知道了妹妹入学时的成绩，也不至于心生不满吧。

我那时在宿舍外面看到堀北哥哥对他妹妹的态度，有些异常。

"原来如此，看到了当时那个场面的你，确实有可能感到奇怪。"

我想起了自己初次接触堀北哥哥时的事情。

"我并不是对铃音表面的成绩感到失望，而是内心的成长。"

"内心的成长？"

"现在的铃音和以前很不一样，以前的她是一个爱笑的孩子。"

那个家伙爱笑？

……不行，我实在难以想象这个画面。

"所以她是受到了你的影响，给自己营造了一个冷酷的人设吗？"

"她对我进行了彻底的模仿，这是我在她小学高年级时发现的，现在想来，是那时的我错了，我不应该放任她不管。我以为我常年的冷漠态度会让她改变，可实际上却造成了相反的效果。"

堀北不断追逐着自己的哥哥，最终变成了现在的这个性格。

"看上去完美无缺的你，在与妹妹的交流沟通这件事上失败了。"

"这个世界上并不存在完美无缺的人，不是吗？"

"是啊。"

我没有否认这一点。

"你是在学校里再次见到她，和她交流后发现的吗？"

他们不像是交流过很长时间的样子。

"甚至不需要交流，见到她的那一瞬间我就明白了，铃音这两年一点儿也没有变。"

这是只有亲哥哥才能明白的事情。堀北哥哥继续说道：

"只要是我说的东西，她都会无条件服从，不管是学习还是运动，我叫她做的事情她一定会好好做，叫她不要做的事情，她绝不会染指。光是这样的话倒还好，可她就连我喜欢的食物、饮料，甚至是喜欢的颜色和穿搭的品位都要模仿，对我表现出了非常强烈的依赖。"

没想到居然严重到了这种程度，让人感觉有一点儿恐怖。

回想起入学初始堀北的态度，好像也能理解。

"你在学校里再次遇到你妹妹的时候，发现她还是这样吗？"

他又没有超能力，怎么能知道这两年堀北没有发生什么变化呢？

"嗯，见过铃音小时候的人，一眼就可以看出来。她的……"

话说到一半，堀北哥哥停住了。

"……不，这件事对你也要保密。这是我确认铃音到底有没有真正改变的绝对标准。"

"你妹妹还没有完全实现蜕变。"

堀北哥哥点点头，相较于以前，堀北铃音已经进步很多了，但在她哥哥看来还不够。

"她在努力摆脱过去的束缚，只是目前还在进行中。"

不知道毕业之前能不能满足她哥哥的标准。

因为，距离毕业典礼只剩下不到十天了。

"但如果……"

堀北哥哥停下脚步看着我。

他的瞳孔好像有一股强烈的吸引力，不知为何，我也自然而然地停了下来。

"铃音可以停止对我的追逐，戒掉依赖，成为真正的自己，勇敢面对一切时……"

一阵春风吹过。

"她就会超过我，成为一个连你也没办法忽视的存在。"

这并不是因为哥哥对自己妹妹的滤镜。堀北确实拥有着超乎常人的潜力，这一点我不得不承认。

不知为何，或许是因为听了堀北哥哥的这一番话，我的脑海里闪过某种东西，是我在这所学校里应该做的事情。不对，是想要做的事情。

我好像突然明白了。

"但前提是……她可以改变。"堀北哥哥补充道。

"她能够改变的吧？"我说道。

"不，我换一种说法，"我订正道，"让我来改变她，不是像一直以来那样随随便便的，而是认真地做好这件事。"

"哦？你居然会说出这种话。"

和堀北哥哥偶然间的这场对话，可能会对我的人生产生很大的影响。

我到底猜得对不对，还要等到遥远的未来才能揭晓答案。

"在你毕业前，我还有一个问题想问问你，可以吗？完全私人的问题。"

不知道以后还会不会有和他像这样说话的机会。

"什么问题？"

"你在和后面的橘交往吗？"

我知道这个问题很无聊，可还是想问。

因为这两个人在换届选举结束、离开学生会以后，还是每天如影随形。

"没有。"

堀北哥哥利落否认，并不像是为了掩饰恋情而撒谎的样子。

我悄悄看了眼身后，橘的表情有些复杂。

毫无疑问，橘对堀北哥哥是心存好感的。

"这三年，我的心思都放在了学校的事情上。"

"是吗？"

"没想到你居然会问这种问题，原来你也只是一名普通的高中生啊。"

这大概是星之宫老师之前说的事情给我带来的影响。

"我可是如假包换的普通高中生。"

"是吗？也是啊，那作为普通高中生的你交到女朋友了吗？"

我居然搬起石头砸到了自己的脚。

"现在没有，但如果有合适的人选，还是挺想交女朋友的。"

"如果是你，我倒是能安心把铃音交到你手上，不过你们两个人好像完全没有可能的样子。"

"那是肯定的。"

我和她是绝对不可能的。

"别……别这么说，戏言往往会成真哦。"

一直静静待在一旁的橘慌忙插嘴道。

"戏言？"

堀北哥哥反问道。橘赶紧解释。

"嗯……就是一种反向生效的法则，两个人本以为绝对不会交往，最终却在一起了。这种事情也常有。"

我和堀北哥哥都不太明白橘的意思，对视了一眼。

"没……没什么。"

知道眼前的这两个男人不会明白这种事情，橘也就不想再解释什么了。

## 6

教室里，晨会刚刚结束。

A班选择的十个项目也已经全部公开。

堀北拿起资料，按照各项目所需人数进行排序，总结如下。

### 国际象棋

所需人数：一个人　　规定时间：一小时（定胜负）

规则：遵从国际象棋标准规则，规定时间不可延长

司令官：可从任意时间点开始占用规定时间给出指示，最多可使用的时间为三十分钟

### 心算

所需人数：两个人　　规定时间：三十分钟

规则：采用珠心算[①]的形式进行比拼，以正确率和速度作为评判标准，获得第一名的学生所在的班级将取得胜利

司令官：可以修改选手任意一个问题的答案

### 围棋

所需人数：三个人　　规定时间：一小时（定胜负）

规则：遵从围棋标准规则，采用一对一的形式，三局同时开始

---

① 珠心算：在大脑中描绘出算盘的印象，并运用大脑中的"算盘"将屏幕上闪现的数字相加求和。

司令官：可在任意时间点帮助选手下一步棋

### 现代语文

所需人数：四个人　　规定时间：五十分钟

规则：题目范围是一年级所学该科目内容，总得分高者胜

司令官：可以代替选手回答一题

### 社会

所需人数：五个人　　规定时间：五十分钟

规则：题目范围是一年级所学地理、历史，以及公民科目内容，总得分高者胜

司令官：可以代替选手回答一题

### 排球

所需人数：六个人　　规定时间：某一方赢下三局为止

规则：遵从排球标准规则，先拿下十分者赢得该局，赢下三局者胜

司令官：可以在任意时间点替换三名选手

### 数学

所需人数：七个人　　规定时间：五十分钟

规则：题目范围是一年级所学该科目内容，总得分高者胜

司令官：可以代替选手回答一题

## 英语

所需人数：八个人　　规定时间：五十分钟

规则：题目范围是一年级所学该科目内容，总得分高者胜

司令官：可以代替选手回答一题

## 跳大绳

所需人数：二十个人　　规定时间：三十分钟

规则：连续跳跃次数多者胜，两次机会

司令官：可以改变一次对手队伍排列顺序

## 躲避球 ①

所需人数：十八个人　　规定时间：两局

规则：遵从躲避球标准规则，先拿下十分者赢得该局，一胜一负时，进行加时赛，先得分者胜

司令官：可在任意时间点，恢复一名已淘汰选

----

① 躲避球：分成两组队员，在球场规定的范围内将球扔向对方的队伍，击中的人数越多的队伍获胜。

手的出场资格

"没想到 A 班把运动项目也放进去了，还以为他们班都是学科知识测试等考验智力的项目，不过，也很可能只是个幌子。"

这是堀北看到 A 班项目后的第一印象。同时，启诚也表达了自己的看法。

"国际象棋和围棋虽然大众，但实操过的学生并不多，这是比较严峻的一点，此外，他们提出的运动项目也大多需要学生间的合作。"

在这个班里，应该不存在没有听说过国际象棋和围棋的人，可实际下过棋的学生恐怕没有几个。

"和预想不同的是，他们大部分的项目都将司令官的干预最小化，特别是考验知识掌握能力的项目，司令官的参与对于比赛的胜负几乎没有什么影响。"

"他们这是对伙伴的能力有足够的信任啊，而且 A 班占据绝对优势的学科知识测试占到了四个以上，所需人数也不少，这对我们来说是一个难关……"

在此前的每次知识测试里，A 班的综合得分都是第一名。

之所以这次的知识测试项目都安排了不少人，就是因为有这份自信加持。

再加上司令官的干预最小化，这些项目就成了纯粹的学习能力对决。

而且他们没有将所有项目都安排为学科测试也是正确的。

如果这样做的话，我们也可以把精力全部放在学习上。

他们将我们不擅长的学科测试加入其中，就是为了让我们无从下手。

"排球的话是六个人，再加上替补，一共是九个人。躲避球十八个人，跳大绳所需人数最多，是二十个人。这些项目所需的参赛选手人数都很多，恐怕无法避免全班所有人都要上场的情况。"

不知道当天到底会采用哪些项目，所以每一个项目都要认真对待。

可是，这几个多人项目会占用我们很多的时间和精力去进行分工和练习。光明正大地利用体育馆等场地进行练习也会被 A 班察觉到，我们班不得不私下悄悄练习。

然而万一耗费了大量时间练习的项目当天并没有被选上，那么付出的所有辛苦就都化为了泡影，徒劳无功。但是练习量又和成绩直接挂钩，不加以练习，考核的时候万一碰上了无疑会落下风。

所以弄清楚 A 班学生这一周内的动向，知道他们的选择意向非常重要。不过这也不是一件容易的事情。如果他们选择清晨或深夜进行大规模训练，那就不利于我们侦察。平时，他们也有可能在我们看不到的地方分成几个小组进行小规模秘密练习。

此外，这十个项目里并没有哪一个是我们C班擅长的。每一个项目都不能掉以轻心，不管他们选择哪一个对我们来说都是挑战。

"我们班里有会国际象棋和围棋的同学吗？"

堀北想看一下班里的情况。结果只有宫本举了手。

"我倒是和家人下过围棋，但充其量只知道规则，实力一般。"

在这两个项目上，无疑我们班的竞争力都极低。

我晚一步举起了手。

"我对国际象棋有一些了解，但围棋完全是门外汉。"

虽然我作为司令官没办法上场，但可以教别人下棋。

"有人会这两项也算是有了一线生机，这真是一场艰难的考核啊，这十个项目里没有一个是我们可以轻视的。"

在不到一周的时间里，我们能将国际象棋和围棋掌握到什么程度呢？如果运气不好，最终比赛项目里学校只选中了我们班的两个项目，那剩下的五个项目就都是A班提出的项目了。

大部分项目只能依靠学生自身的能力。

可不知为何……

"怎么了，绫小路同学？"

堀北有些惊讶地盯着我。

"……没事。"

国际象棋这个项目，司令官的参与占据很大比重，甚至可能演变成两个司令官之间的对决。

我隐约感觉到了坂柳的意图，她似乎想在这个项目上与我一决胜负。

"堀北，我们接下来是不是也应该正式开始信息战了？"启诚带着一丝焦虑说道。

"A班会从这十个项目里选择哪些作为正式比赛项目……你的意思是要提前收集这些相关信息对吧？"

"啊，说实在的，短时间内要想把这十个项目全部掌握，真的很困难。如果不提前收集信息，进行有针对性的训练，我们的胜算很低。"

"可A班估计会把消息守得死死的。"

男生中传来了这样的声音。大家心里也都明白这一点。

"即便如此也还是要尝试一下。"

"我明白你的心情，但现在没有办法立刻开始收集信息。我们还是先统计一下班里的同学对于每个项目的熟悉程度吧。"

堀北推迟了信息战，开始统计这十个项目在班级里的掌握情况。

# 7

"堀北，可以耽误你一会儿吗？"

休息时间，启诚找到了堀北。

"怎么了？"

"这里有点儿不方便……是关于特别考核的事情。"

他约堀北去走廊，应该是想私下里说一些事情。

我本想置身事外的，结果堀北朝我看了过来。

"可以让绫小路同学也一起吗？"

"……好。"

启诚不太情愿地同意了。

看这情形，我也没办法拒绝，于是跟着他们走出了教室。

"我之前说的事情，你考虑过了吗？"

"信息战？"

"嗯。"

"那件事情啊……我觉得从 A 班获取信息不太容易。"

"可是我们应该把每分每秒都有效利用起来，什么都不做就太可惜了。"

启诚希望能尽早开始信息收集的行动。

我十分理解他为了胜利而想要竭尽全力的心情。

"我们试一试在 A 班的人身上安插眼线？"

"这个……一般学生对正式的五个比赛项目不一定知情。"

有可能只有坂柳知道，或者她只对身边的人说过。

那个家伙口风很紧，彻底封锁了信息也不奇怪。

"就算只有坂柳知道五个真正的正式比赛项目，班里的同学应该也有一点儿风声吧？是不是，清隆？"

"嗯，同班同学的话估计知道。"

大家共同学习生活了一年，班里同学的长处短处多多少少心里有点儿数。

最终会选择哪几个作为比赛项目，心中应该也有猜想。

"所以，我才想到了一个从 A 班获取信息的办法。"

"什么办法？"

"葛城。我们可以把他拉到我们 C 班的阵营里来。"

启诚确认了左右没人，小声说道。

葛城过去在 A 班是和坂柳水火不容的另一位领导者。

"葛城的手下户塚就是因为坂柳才被退学，他不是因为这件事记恨着坂柳吗？这几天我几次和他擦肩而过，我感觉现在的他和以前明显不同了。"

葛城对坂柳心怀怨恨是肯定的。

我想起了户塚弥彦退学的那一天，葛城和龙园见面时的对话。

"你觉得他会单纯因为想报复坂柳而背叛全班？"

"当然需要相应的交涉条件。"

看样子启诚心里已经有打算了。

"如果他能帮助我们C班取得胜利，就算是四胜三负，我们也能到手一百三十点班级点数。换算成个人点数，一年能给我们班带来六百万点的收入。只要每个月好好存点钱，两千万点也不是不可能。"

听到这里，他想说什么已经很清楚了。

"把换班的权利作为帮助我们升到A班的好处，如何？而且这样一来，还可以把葛城拉拢过来。"

"普通的学生是万万不会接受的，不管怎么说，我们可是C班啊？"

"但从葛城现在的处境来看，一切都不好说。"

"现在的葛城在A班确实没有什么立足之地，可是，如果他背叛A班的事情暴露了，那么A班下一个退学的人就会是他，没有时间给我们慢慢准备这两千万的点数。假设我们能顺利得到更多的班级点数，而且咱们班里的同学都能完全配合我们把点数贡献出来，最短也要半年左右才能攒够这些钱吧。"

说实话半年的时间对我们来说也不太够，要想攒够钱，还是一年左右比较现实。

虽说我们可以获得班级点数，但这两千万点的付出也确实不少。

"你怎么想，堀北？"

"……嗯，幸村同学说得有道理，获取信息对我们来说至关重要。”

“那……”

“但是，我无法完全赞同幸村同学的提案。”

“为……为什么？”

“葛城同学现在确实被逼入了绝境，可也没有到愿意为此背叛全班的地步，我们手里的条件对他而言没有那么强的吸引力。”

如果能立马拿出这些钱来的话可能情况还会明朗些，可现在起码要花上一年的时间才能兑现，这就难说了。

“如果什么都不做，就获取不了任何信息了。”

“做了也不一定能得到有用的信息。”

“不试试怎么知道呢？”

面对启诚的坚持，堀北始终没有松口。

“信息战本身不是一件坏事，但这个计划不可行，等你有新想法了再来找我商量吧。”

堀北说完转身回了教室。

“可恶！”

启诚狠狠地踹了踹墙角，以宣泄自己的不满。

“……清隆，你能帮我吗？”

“帮你说服堀北？”

“不……我的意思是我们两个人去找葛城，说服他与我们合作。”

他真是铁了心要做这件事了。

"面对强大的对手，堀北的确没有放弃比赛。但在她心里，是不是就认定我们比不过 A 班呢？如果不是这样，那么就算被葛城拒绝，也应该尝试一下。另外，我们去找葛城的事情被发现了也不会对 C 班造成什么损失。"

我无法拒绝，因为即使我提了否定意见，他也不会中止行动。

还是和他一起行动比较好，这样一来也方便我掌握整体的情况。

"你打算怎么接触葛城？"

"这个问题……我再想想，反正现在距离正式考核还有一些时间。"

"明白了，你决定好以后告诉我。"

我口头上答应了启诚，同时也告诫他不要擅自行动。

## 8

"喂，有时间的话现在要不要聊一聊。"

六点多，正是晚饭的时间。我盯着火，听着从电话那端传来的堀北的声音。水开始沸腾，咕噜咕噜冒泡。

"你在准备晚饭吗？"

"没事，不用在意。"

只是烧开了水，还没有做其他事情。

"聊什么？"

我反问道。如果是有关比赛项目决策的事情，我打算拒绝。

"你放心，我保证不找你商量比赛项目的事情。"

堀北明白我心中的顾虑。

"不过，嗯，我们能不能当面谈谈？一个小时左右就能说完。"

她有什么在电话里不好说，或是想直接见面弄清楚的事情？

一个小时不短，可我也没有拒绝见面的理由。

"明白了，你来我这边？"

"可以是可以，但你最近正处在风口浪尖上，还是来我的房间比较好吧？"

她担心我这里会有意外的访客。

我之前去过堀北的房间，所以这一点倒是没什么。

关好火，我揣上手机就出了门，乘电梯前往堀北的房间。虽然太阳已经落山，但时间还早，所以男生出现在女生所住的高楼层也不奇怪。

## 9

我按下门铃，不一会儿工夫就听到了开门声。

本以为迎接我的还会是她那副一本正经的表情，但事情的展开有些出乎我的意料。

"欢迎。"

堀北心情不坏，她站在玄关迎我进门。

这反倒让我感到一丝不安。

室内传来了淡淡的味增香味。

"我正好在准备晚饭，你进来吧。"

她明明可以选择其他时间叫我来……

我本来还在门口犹豫不决，看到她催促的视线，只能选择进门了。

她大概不希望晚于这个时间再叫我来。

先不想这个问题了。话说我刚进入房间，就注意到了一件奇怪的事情。

小小的餐桌上，似乎准备着两人份的食物。

难道她和我说完话以后，要和谁一起吃晚饭吗？

"那个……"

我刚想开口问，就被她拿话堵住了。

"请坐吧，不要客气。"

不是，那儿……明显放着一双筷子呢。

我的本能告诉我，这是一个要逼我就范的陷阱。

"所以，你叫我过来要说什么？"

我立刻开启话题，避免落座。

"你打算站着说话？我这边还有要准备的东西，你能坐着等我吗？"

"没有……我想站着。"

"你这是什么意思？你这样站着让我浑身不自在，

坐下。"

堀北的语气愈发严厉，看来我还是先坐下吧。

一如往常的强势里还夹杂着半分的强词夺理，她的这种态度真是好久不见。

自从她刻意和我保持距离，我也和她疏远了以后，这种感觉在我的心中逐渐淡去了。

总之，我还是先坐下乖乖等一会儿。

不过，一眼望去，饭菜还在准备过程中，距离大功告成还有一段时间。

"你说过一个小时就结束了吧？"

"嗯，谈话本身确实一个小时就能结束。"

堀北背对着我，她果然话里有话。

电话里说的确实是一小时左右说完。

也就是说其中并不包括说话以外的时间。

"再加上其余时间呢？"

"嗯……大概一个半小时到两个小时左右吧。"

果然如此。

"正好是晚饭时间，我想着你不如在我这儿吃完饭再走。"

我可不想和她一起共进晚餐。我产生了一种被她的语言游戏玩弄于股掌之间的感觉。

可话说回来，看到她已经开始着手准备，现在说不吃转头回自己的房间确实也于心不忍。她真是下得一手好棋。

从我这个角度只能看见她的背影，但从她做饭的动作中能看出她的厨艺并不差。

对于高中一年级的学生来说，还是很有模有样的。

"我父母平时都忙于工作，所以家里的晚饭多是由我来做。"

堀北嘟囔着，仿佛能猜到我在看什么、心里在想什么。

"你不觉得做饭很麻烦，而且耽误时间吗？"

看着自己做好的饭菜自然是开心的，但辛苦的地方肯定也不少。

"在知道哥哥进了这所学校以后，我主动增加了自己的做饭次数。"

"因为你觉得自己也会来这所学校，开始独居生活？"

"就是这么一回事。"

她切完了手里的东西，开始给锅里煮着的味增汤收尾。

既然不是和特别考核相关的事情，那她到底要找我说什么呢？

这是让我唯一摸不着头脑的一点。

## 10

我又等了十五分钟左右。

堀北做好了饭，全部端到了餐桌上。映入眼帘的饭菜比我预想的还要丰盛，根本不亚于那些偶尔在电视里才会见到的美味。堀北在我对面坐下。

这场景要是被须藤看到，他一定会气到想要暴打我一顿。

说是误会也没有人会相信。

我倒是希望须藤也被堀北这样招待过，不过就算如此，我也会成为他嫉妒的对象吧。

"吃吧。"

堀北催促道。我拿起筷子，就这样，我们两个人面对面坐着，面前摆满了美食。

我忽然有一种似曾相识的感觉，而且这种感觉很强烈。

我想起了刚开学没多久，在学校食堂出手，被堀北利用了的事情。

"你在怀疑我吗？"

"就是这感觉挺奇怪的。"

"怀疑别人的好意，是思想有问题的证明哦。"

"这句话哪里轮得到你说。"

"今天比较特殊。"

毕竟这是堀北特意做的，不吃有点不太礼貌。

可心存怀疑也是人之常情。不，以我对她的了解，我实在没办法安心地吃下去，现在的我估计已经完全落入了她的圈套中。

从踏进堀北房间的那一刻，我就已经输了。

算了，既来之则安之，我决定先从汤菜下手。

味增的香味在鼻腔里萦绕，这是一道以萝卜为主食材的营养料理。

"是大麦味增呢。"

一口喝下去，迅速在口腔里弥漫的强烈甘甜是这种味增的一大特征。

"没想到你竟然吃出来了。这是九州地区盛产的味增，不知道合不合你的口味。"

"手艺不错。"

我直截了当地夸赞了她，但不见她表现出高兴的样子。

"在现在这个时代，这种不需要什么特殊技能的事情根本不值得夸耀。有什么想做的菜，就去超市或者便利店把食材买回来，照着网上的食谱做就可以了。"

如果只是制作的话，可能确实如她所说不需要用太多的技巧。可是摆盘方法，怎么把蔬菜切得好看等等这些都是个人品位的体现，不是一朝一夕就可以做到的。

"你在须藤面前也露过这一手吗？"

听到这个问题，堀北看我的眼神里带着些许不满。

"为什么我要给他做饭呢？"

"这个……你之前不是一直在教他学习嘛。"

"是的，但是这和给他做饭没有什么联系吧？"

　　我本来就是问着玩的，没想到她会这么认真地不停反驳。

　　"如果是他教我学习的话，你这个问题倒还有几分的道理，就当作是我对他的报答了。但我教他学习本就已经花了时间，怎么可能再费这么大力气给他做饭？"

　　她的解释让我无从回答……

　　"真不知道你到底是聪明还是傻。"

　　其实这也是我想对她说的话。须藤喜欢堀北，可堀北到现在还没有正面回应过这件事。这可能是因为堀北现在并没有将注意力放在恋爱上，她还没有成长到可以完全理解这种人类情感的地步。

　　"那我可以进入正题了吗？"

　　堀北说罢，拿出笔记本递给了我。

　　我都不用问就知道这是什么。她最近一直在推进这件事。

　　"这是我能想到的对C班最有利的方案，希望你能给我一点儿评价和意见。"

　　随后，她又加了一句：

　　"你吃了我做的饭吧？"

　　她这招实在是有点损，拿了人的手短吃了人的嘴软，我接过笔记本打开一看，上面清清楚楚地记录了与特别考核相关的内容，还有针对A班提出的十个项目的分析，不过因为这是今天才公开的内容，所以还在完善的过程中。

需要补充一点，C班选择的是英语、篮球、弓道、游泳、网球、乒乓球、打字、足球、钢琴、猜拳这十个项目。

最后一个应该是为了以防万一才放进来的。

每个项目有谁擅长，有多大的概率可以获胜，以及堀北的评分等等都写在了上面。

需要的信息都汇集在了这个笔记本上。我通读了所有内容，连各种细节都没有放过。看到我安静阅读的样子，堀北有些惊讶。

"你没想到我会认真阅读这些内容吧？"

"嗯，我也做好了你会拒绝我的心理准备。"

"在这次的考核里，经过你缜密分析的这些数据必不可少，不知道这些内容就没办法发挥出司令官的作用。"

我将笔记本上面的内容与我之前得到的信息进行对照，没有任何出入。

"这是我这一周绞尽脑汁、冥思苦想的成果，如果错了的话就糟了。"

说得绝对一点儿，有了这些数据，谁都能当这个司令官。

"我会继续对上面的内容进行改良，再做好A班提出的十个项目的人员分配，到时候就由你直接进行选择了。"

"嗯，须藤和明人在一对一以外的项目上也可以发挥出不错的战斗力，小野寺的话，和男生比还是要差一点儿。提前想好第三和第四替补比较明智。"

堀北静静点头，对于那些拥有多种可能性的学生，轻易将他们局限在某一个项目里就太浪费了。不管怎么样，堀北能做到这个地步，已经非常完美。

"我对上面的内容没有任何异议，但我有一个请求。"

"是什么？"

"A班选择的项目里有一项是国际象棋对吧？"

我喝了一口水，如此说道。

因为班里除了我以外没有人会这个项目，所以笔记上这个位置还是空白的。

"对，现在我想先把这个项目往后放一放。我也没下过，班里知道规则的也只有身为司令官的你。这方面我可能还需要听听你的建议。"

"嗯，我希望由你来出战这个项目。"

"我？确定这个项目的参赛人，然后提前进行练习确实有必要……但为什么是我？"

堀北觉得自己在短时间内无法得到很大提升，赢不了A班。

"你比较适合让我教。"

"如果是我的话，你就不用再从零开始熟悉，比较轻松，是因为这个吗？"

"有这方面的原因。"

"我倒是可以接受……但是班里你比较熟悉的学生不止我一个人吧？而且，怎么说呢，我在其他项目上或许可以发挥出更大的作用。"

堀北基本上是一个全能型的学生。

不管是知识还是运动测试，她都能拿到不错的成绩，我对此没有丝毫的怀疑。

"我需要的是纯粹的能力。对方设定的司令官介入是有时间限制的，不管坂柳多厉害，都不可能在这个时间范围内结束战斗，她一定不会从一开始就介入。所以，开局非常重要。"

如果开局就被对方碾压，那我之后再怎么介入也难以挽回。

"你这么关注国际象棋，并不单纯是因为你会这个项目吧？你应该是觉得 A 班会把国际象棋放进那五个项目里对吧？"

"对。也只有这个项目，司令官的干预力度特别大。"

"我也注意到了这一点……好，那我就听你的。"

我对堀北的爽快表示感谢，然后继续吃饭。

"那我们怎么进行练习呢？"

"我打算晚上抽空进行线上练习，就是你可能会比较辛苦。"

"没事，这样一来就不会被别人知道了，细节方面也可以保密。"

还不会占用其他项目的练习时间，这也是优点之一。

## 11

本以为这下终于可以结束了，结果她还是不肯放过我。

"我还有事情拜托你，绫小路同学，你吃了我做的饭吧？"

"你这样得寸进尺会不会有些卑鄙？"

饭还没有吃到一半，没想到她又有了其他事情。

原来她找我来不光是为了笔记的内容。

"卑鄙？我觉得你做的事情才称得上是卑鄙哦？"

"你为什么这么说？"

"之前班级内部投票的时候，是你在背后操纵的吧？"

"等等，我什么也没有……"

"哥哥当时确实给了我建议，但幕后的推动者是你。"

她应该不是在乱说，但也不可能是堀北哥哥告诉她的。

"我一开始也没有察觉，后来仔细一想我才明白。"

原来是她自己得出的结论。

"我的行动你全部了如指掌。"

"就算我否认也没有用吧。"

"虽然我没有确凿的证据，问哥哥他也什么都不会告诉我，但我已经确信了。"

堀北在这一年里慢慢成长了起来。

这是我，还有堀北哥哥都认可的事情。

随着她渐渐减少对哥哥的执着，这才开始发挥出自己的光彩。

比我更了解她的堀北哥哥早就意识到了自己妹妹所拥有的潜在能力，也是因为这样，他才会对以自己为目标的妹妹束手无策。

"这种被人怀疑的感觉不太好吧。"

"就像在接受压力面试。"

"算了，从你这个态度我就能猜出一二了。"

她结束了这个话题。看样子，我今后幕后操作的难度上升了。

"我接下来要问你一个问题，你可以选择回答，也可以选择不回答。"

她死死盯着我。

"和坂柳同学的对决，你觉得能赢吗？"

"她不是一个不可能击败的对手，这是我看了你的笔记后产生的想法。"

"……好吧。我会尽自己所能，让整个班发挥出最大的效力。"

"你现在做得就很好。"

平田不在，几乎班上所有同学都听从着堀北的指挥，为胜利做好准备。

这些都是我做不到的，我对此非常感谢。

"接下来的事情也全都交给你，你来决定就好。"

"明白，但是司令官介入规则这一部分，是不是由你来制定比较好？"

"也交给你。"

"……你打算全指望我准备好的这些材料吗？"

"反正我也不明白班里的具体情况。"

"真是的……要是你觉得这样可以赢过 A 班，那就太天真了。"

"可能吧。"

饭后，要离开了，堀北目送我走到玄关。

"谢谢你今天的招待……但这一招以后就不要再用了。"

要不然以后每次我都会怀疑她是不是另有所图。

"好，我再想其他方法。"

不，我不是这个意思。

## 12

在临近对决的前几天，启诚成功接触到了葛城。

他立刻给我打来电话，把我叫到了一个隐蔽的地方。

葛城基本上是独来独往的，约他并不难。

"……你找我什么事，幸村？"

这个和坂柳势不两立的男生向启诚投去了锐利的目光。

"葛城，有件事需要你的合作。"

"果然，这个时期找我还能有什么事。"

葛城早就猜到了启诚的目的。

"那就好说多了。希望你能告诉我们 A 班五个正式的比赛项目是什么，此外，在考核中给我们放水。"

这是启诚没有对我和堀北说过的。

"我做这些事能得到什么回报呢？"

"欢迎你来我们班。"

"真有意思，你让我放弃 A 班去 C 班？"

他拒绝了启诚的提议，语气中充满了嘲讽。

"我们早晚会升到 A 班，这个实力是有的。"

启诚再次向葛城推销这笔买卖，不放过一线生机。

而这在葛城听来没有丝毫的意义。

"早晚有一天会升到 A 班？每个班都会说这句话。"

"这……"

"如果你们真的有实力，那为何不凭借你所说的实力去战胜 A 班，何必私下里做这种事情？不就是因为你们做不到，所以才来笼络我吗？"

葛城语气严肃，仿佛斥责一般，逼得启诚说不出话来。

"算了，就算我真能提供信息，帮助你们升到 A 班，你们现在就能给我两千万点吗？不对，应该做不到吧？如果你们现在就能给我这么多点数，那山内就不会退学了。"

葛城自然明白我们手上没有大额储蓄。

"这个……"

"你的意思是希望我能等两年，等你们攒够两千万点再给我？"

"……嗯。"

"你的这番话真是在做白日梦啊，即使你们之后升到了 A 班，也没有办法和我保证能准备好两千万的点数。就算我们签订了契约，你们不给的话我也抢不来。还是说，这个决定是你们 C 班讨论后一致通过的？"

葛城并不蠢，他对眼前的情况了解得一清二楚。

如果这个提案是 C 班全体的想法，那来找他的人应该是堀北。因此在他发现是我和启诚来找他的时候，应该就已经意识到，这件事目前还处于保密阶段。

"我明白你们想赢的心情，可你们连交涉的基本筹码都没有准备好。你们打算等我应允了再和班里同学讨论，获得其他人的许可？你觉得我会和你做这笔买卖吗？"

没有谁能轻易背叛班集体。

特别是这个讲义气的男人。

"……你打算就这么任由坂柳为所欲为吗？"

"什么？"

"在户塚被逼退学以后，你还想要继续效忠于 A 班吗？"

启诚清楚自己正面出击拿不下葛城，决定破罐子破摔，刺激他的痛处。

"如果是我的话，我可没有办法这样低三下四撑到毕业，永远都直不起腰来。"

"所以最后打算说这些话来刺激我，幸村？你谈判的手段我只能给到零分。"

"我……"

接着，葛城将矛头指向了同行的我。

"你有什么要说的吗，绫小路？"

"没有，你说的有道理，我们没有反驳的余地。"

我举手投降，葛城立刻将视线从我身上移开了。

"幸村，我并不是想要责备你，可有一句话我不得不说，如果你打算挖别人墙脚，那首先就要做好相应的准备。"

葛城靠着墙，似乎在思考着启诚的错误尝试，他的眼神里一片虚无。

"但有一件事你说对了。"

"……什么？"

已经丧失希望的启诚因为他的这一句话又抬起头来。

"那就是我对坂柳滔天的愤怒。即便你不拿什么条件来交换，我个人也应该有所行动。"

葛城架起胳膊，盯着启诚的眼睛。

"你们应该也猜到了，坂柳没有向任何人透露五个正式的比赛项目。"

坂柳果然谁都没有告诉。

"我对她的做法很不满，这是一场需要集合全班力量的考核，本应该大家相互讨论，为夺取绝对的胜利而制定相应的比赛策略，可坂柳却将专制进行到底。"

不泄露最终的五个比赛项目，这固然是最保险的做法，也是 A 班最强力的武器，可如此一来，也就没有办法针对最终的项目进行强化训练。若是将精力分散到十个项目里，那效率自然会降低。

"需要的话，我可以告诉你们我个人的猜想。"

"真……真的?！"

启诚拉拢葛城不成，本来已经处在放弃的边缘，却没想到幸运之神突然降临到了他的身边。

原来葛城对坂柳的憎恨已经到达这样的地步。

"前提是……你们保证绝不会将这件事泄露出去。"

"自……自然，我之后就和堀北说两千万点数的事情。"

启诚点头承诺。

"不需要。就算我提供的信息对你们有利，你们也拿不出来两千万点。"

"那……你想要什么回报？"

"什么都不需要。偏要说一个的话，那就是坂柳的失败。"

葛城随之将他所掌握的信息告知我们。

"国际象棋、英语、数学，这三个项目是 A 班绝对的王牌项目，然后就是现代文和珠心算。另外，需要多人参与的跳大绳和躲避球基本上就是个幌子，据我所知，并没有开展相应的练习。"

不到考核当天，谁也不知道他说的是真话还是假话。

他说的这些项目里面如果最终能有三个以上被选为 A 班的比赛项目，那才能证明他所说的真实性。

"真的不需要什么回报吗？"

"我说过了，即便你不拿什么条件来交换，我个人也应该有所行动。"

启诚以意想不到的方式得到了本以为难以入手的信息，其欣喜不言而喻。

"太好了，清隆。这下我们就有机会了！"

启诚比了一个胜利的手势。

"还有你希望我能在考核中放水的事情。"

"咦，啊，不是，如果不行的话……"

"话都说到这个地步了，你这么快就满足了？"

可能是觉得启诚慌乱的样子还挺有意思的，葛城笑了笑。

"也不是……"

"不要以为凭借这些信息就能战胜 A 班，事实上有了我的帮助，你们才终于有资格和 A 班正面较量。但是，我能帮上忙的只有珠心算和可能被选中的跳大绳。"

听到这句话，我心中产生了一个疑问。

"坂柳对你心怀戒备，还会让你参加比赛？如果有跳大绳这种项目，倒是每个人都需要上场，可珠心算这种个人成败至关重要的项目也会派你出战吗？"

"A 班擅长珠心算的只有我和田宫。田宫的实力不强，在这种情况下不让我上场，相当于将胜利拱手让人。她利用弥彦退学一事沉重打击了我的势力，要想让我转而为她效力，那首先就要起用我才行。"

原本势不两立的葛城成为自己的一枚棋子，这大概对坂柳来说也是一种实力的展现。

所以葛城打算在珠心算的时候故意算错题目，跳大绳的时候早早绊倒，以此来放水。

"但是，我不想让坂柳知道我是故意输的，跳大绳倒是可以伪装成偶然失误，可珠心算的时候简单的问题我还是要保证完成的。"

假装势均力敌，然后以微弱劣势输给我们。

"如果当天有珠心算这个项目，却没指定我出场，那就放弃吧，是你们运气不好。"

即便如此，他提供的信息对我们来说已经弥足珍贵了，不可能会有不满。

葛城走后，启诚兴奋极了。

"快，把这个消息告诉堀北。"

"不行……这次接触葛城的事情还是先不要告诉堀北比较好。"

"为……为什么？"

"不到最后谁也不知道这是好事还是坏事，要是让堀北知道我们擅自行动，她会生气的。"

"话是这样说，难道我们不应该把得到的信息好好利用起来吗？"

"我会找机会和她说的，放心，不会坏事。"

启诚本来有些不乐意，但最后也还是答应了。

接触葛城的事情是瞒着堀北私下进行的，这让他多少有些心虚。

## 男人的眼泪

即便能通过拉拢葛城得到一些信息，也并不意味着
C班就能因此占据优势。

对这一点深有体会的堀北尝试着逐一解决班级的
隐患。

"等一下，平田同学。"

放学后，平田一如往常第一个起身回家。堀北叫住
了他。

这在班级内部投票结束后还是第一次。

平田没有回头，只是停住了脚步。

"你大概不想和我说话，但有一件事我无论如何都
要和你确认一下。C班选择的项目不需要你出场，当天
也没有派你出场的计划。可一切还是要看当天的情况，
坂柳知道你的状态，可能会故意选择几个多人项目。"

无论C班再怎么顾及平田，不安排他上场，到了
三十八个人每个人都不得不上的时候，谁也没有办法。

"那时候你会怎么做？放弃？还是尽可能完成自己
该做的事情？你可不可以回答我这一个问题？"

平田默不作声，任由沉默在教室里蔓延。

就在他再次迈出脚步的同时。

"回答不了，是这个意思吧。"

堀北对平田已经不抱希望，扭头不再看他。

"……哎，我们……果然还是赢不了吧……平田同学还是那样。"

女生中传出了不安的声音。

而男生们恐怕也是这样想的，曾经的班级顶梁柱已经不复存在。

他甚至成了 C 班的负担，一颗定时炸弹。

"你还说他会在周围人的努力下产生变化，到头来，不还是那样。"

"是吗？"

"咦？"

堀北有些惊讶，她抬起头看我，而我的视线却在别处。

"平田同学！等等！"

这是小雨数不清第几次的呼唤，她抓起书包追上去。

"她还没放弃。"

"我实在没有办法理解她为什么这么坚持。"

"没事，你有你要做的事情，统筹管理好整个班级，让行动更细致化。"

现在能做到这一点的，除了堀北别无他人。

我起身去追小雨。

最终在回宿舍的路上看到了他们。一男一女面对面站着，可惜这不是什么恋爱告白的甜蜜画面，而是为了让平田重整旗鼓，来自同班同学的奋力一搏。

"求求你了，平田同学，我们C班需要你的力量……所以……"

"小雨，适可而止吧，不要再缠着我了好吗？"

平田已经对此感到了深深的厌烦。

他的回复就像利刃一般，将小雨的心扎得千疮百孔。

可她眼神中的那份坚定从未发生改变。她无论如何都不愿离平田而去。

"我没有办法放手……我没有办法对现在的你弃之不顾。"

"那怎么样你才能放弃呢？请你告诉我。"

"如……如果，平田同学能恢复原样的话……"

"恢复原样？不可能。"

他冰冷的话语砸向小雨。

"不会的，我相信平田同学可以做到的。"

"我都说了不可能，你盲目的相信对我来说是一种困扰。"

"就算这样我也相信你！"

平田紧握双拳，现在的氛围过于紧张，他会不会冲动出手都不一定。

"那你能让山内回来吗？"

"咦？"

"只有这样我才能回到原来的状态。"

已经退学的山内不可能再回到 C 班。

就像是已经被打碎的平田没办法再复原。

他告诉小雨这一现实。

"这……"

"我本以为不说你也会明白。"

平田转身离开，小雨想都没想就伸出右手抓住了平田的右手手腕，想要留住他。

要是放他进了宿舍，那今天又浪费掉了。

"你能放开我吗?"

"不，不能!"

明明已经被拒绝过那么多次，可她依旧没有选择后退。

因为她坚信，平田早晚会理解她的心意。

我和二人保持着一定的距离，旁观着眼前发生的一切。

贸然靠得太近反而会妨碍小雨。

只见平田重重地叹了口气。

然后狠狠抬起自己的右手手腕，试图甩开小雨的手。

"啊!"

如此强制性的操作并非平田的作风。

小雨也在他突然的强烈作用力的牵引之下摔倒

在地。

"……真的不要再管我了，否则我……我……"

倒在地上的小雨抬头看着平田。

可回应她的只有平田的愤怒，这对小雨无疑又是一次伤害。

"我已经不害怕再失去什么了，如果你再纠缠我……"

最后的最后。

平田要给小雨最沉重的一击，要比以前的任何一句话都重都狠。

就在这时，一个男生从我身边经过。

他金色的头发随风飘舞，传来阵阵古龙香水的气味。

"哇哦，平田你怎么今天也这么磨磨唧唧的，我算是见识到了你丑陋的一面。"

高圆寺用轻薄的话语揶揄着平田，他基本上也是一下课就回家的人。

"你不用在意我，请继续吧，我给你当观众。"

平田还没有傻到这种地步，他开始将矛头转向这个打断他说话的男生。

"你也……对我有什么期望吗？"

"期望？完全没有，我自己就拥有一切。"

高圆寺本打算就这样从他们身边走过去……

"不过，嗯，如果硬要说对你有什么期望的话……"

对于高圆寺来说，这一切都和他无关。

"你太碍眼了，能不能早点儿从我的眼前消失？如果这里已经不是你理想中的学校了，那就利索点儿赶紧走人不行吗？"

高圆寺一如既往的风格。他劝平田与其在这里半死不活，不如早点儿退学。

"真烦人啊……你根本就不了解我的情况……"

"我不知道也没兴趣，但我可以推测出来，你是想说，害怕自己给同学添麻烦所以没办法就这么退学是吧？真是荒唐。"

"你别说了，高圆寺同学！平田同学没有做错什么。"

小雨站起身来，阻止高圆寺对平田喋喋不休的口头攻击。

"哎呀，如果我的话让你不舒服了，那真是不好意思。"

高圆寺笑着说道，他对小雨还是有几分敬意的。

"不过，你还是早点儿忘掉平田吧，他已经没救了。"

平田的忍耐已经到了一定的限度，他猛地睁大双眼，向高圆寺逼近。

"不行，平田同学！"

察觉到气氛明显不对劲的小雨，立刻冲到了二人之间，想要阻止冲突的爆发，结果被平田用更大的力气推到了一边。接着，平田头也不回地向高圆寺发起攻击。

然而，他本想抓住高圆寺胸襟的右手手腕反倒被高圆寺用左手以迅雷不及掩耳盗铃之势反制住，动弹不得。

"唔！"

"我对于送上门来的对手可是毫不手软的哦。真不想弄伤你这漂亮的脸蛋呢。"

被高圆寺紧紧控制住的手腕没有办法动弹，平田脸上夹杂着痛苦与愤怒。

"适可而止吧，高圆寺！"

"你说什么做什么我管不着，但你这个欺负弱女子的人可没有资格来对我说三道四。"

高圆寺瞅了一眼摔坐在地上的小雨，他松开平田的手腕，说道：

"她是你弄倒的，不把她扶起来吗？"

"……和我没有关系。"

"什么没有关系……你真是毫不留情呢。"

手足无措的小雨将视线转向别处，她没有办法再正视平田了。

"哎，随便你，这也是你平田的自由。"

"咦?！"

摔倒在地的小雨被高圆寺利落地一把抱起。

"如果你不要的话，那我就收下了。"

小雨和平田都被这个男生莫名其妙的行为惊到了，一时说不出话来。

"受伤了，那就由我来治愈你吧。"

"啊啊啊啊，什么?! 我没有受伤!"

"不用担心，别看我这样，我可是很绅士的。"

或许，高圆寺指的并不是身体上的伤害，而是精神上的裂缝。

大概也就是所谓的伤心吧。

高圆寺抱着小雨打算离开，和平田保持着距离。

"请……请放我下来!"

"哈哈哈! 那可不行，你已经是我的了。"

"咦?!"

平田死死盯着高圆寺的后背。

或许是察觉到了这一切，高圆寺止住了脚步。

"你还有什么不满吗?"

说实话，这种时候我宁愿高圆寺不做出反应。

"你就是要这样一直伤害我吗? 一直……一直地……"

"你说错了，是你在一直伤害周围的人。至少，我不会对一片好心的女生做出那种事情哦。"

高圆寺抬腿就走，不管自己怀中的小雨如何挣扎都不放手。

　　他的前进方向是宿舍。平田不愿再和他们同处，遂朝着不同的方向离开了。

　　我犹豫了一下到底跟着谁，最后选择了高圆寺。

　　小雨落下的书包不能没人管，我捡起书包，追了上去。

　　在接近宿舍入口的地方，高圆寺温柔地将小雨放了下来。

　　"高……高圆寺同学，为什么……"

　　"哈哈哈，为什么呢？"

　　高圆寺笑着，没有回答小雨的问题。

　　"总之，你今天就不要去追平田了。"

　　我上前，把拾起的书包递给了小雨。

　　"谢谢你，绫小路同学，原来你也在这儿呀。"

　　因为我很擅长隐藏自己的存在感。不过我只在心里想了想，并没有把这句话说出口。

　　"你回去吧，我会看着你进电梯的。"

　　"……好。"

　　就算要找平田也不知道他现在在哪儿。

　　小雨暂时放弃了，同时也是为了摆脱高圆寺，她坐电梯先上了楼。

　　我一直守着，随后将视线转移到了坐在大厅沙发上的高圆寺身上。

　　"那么……找我有什么事，绫小路？"

"你为什么要管平田的事情？高圆寺，你刚刚是在火上浇油吧，还是说你这是为了我们C班呢？"

"看来你还是不懂我。"

他竖起食指，左右轻轻摆动。

"我是不会为了班级行动的，我只做自己想做的事情。不管那个结果对班级而言是好是坏，都和我无关。"

高圆寺的一切行动都以自己为主导，结果不过是附加产品，他根本不在乎。唯一例外的是当他自己有退学危险的时候，他才会迫于形势有所改变。大概是这个意思。

"现在的他丑陋无比，就像苍蝇一样，令人感到不快。"

所以高圆寺才会主动去招惹平田。

"你想做什么是你的自由，可如果再次举行班级内部投票这种考核，你打算怎么办？说实话，到时候你可是最危险的那一个。"

"哈哈哈哈，无所谓，有我的实力在，我还担心什么。"

确认小雨已经上了楼，高圆寺站了起来。

"对了，你这次好像是司令官吧。"

"嗯。"

"我对比赛没什么兴致，就不要派我上场了。"

"不好意思，做判断的是堀北，我没有决定权。"

"不是吧？权力明明在你手上，司令官可是你。"

规则上来说是这样，但……高圆寺不管这些。

"总而言之，拜托你临机应变一下。"

留下这句话，高圆寺走进电梯，回了自己的房间。

## 1

我走出了宿舍楼，决定去找平田。

他大概不会再回学校，能去的地方就只有商城和商场外围。

考虑到他应该会避开人多的地方，商城外围的可能性高一些。

不管怎么样，到处转转，找找他吧。

经过一个小时左右的搜寻，我终于在一处长椅发现了他落寞的背影。

"平田。"

走到离他一步之遥的地方，我开口叫了他的名字。

"……绫小路同学。"

他的反应很慢，但总算是抬起了头。

感觉我已经很久没有这样直视过他的正脸了。

他仿佛很久没有睡过觉一样，黑眼圈重非常重。

"可以占用你一点儿时间吗？"

听到我的请求，他微微睁大了双眼。

"真的，真的够了，一个接一个的，为什么就是不肯放过我？我以为绫小路同学你肯定会理解我的，但现在我对你也失望了。"

"那真是对不起了，要不然你像对小雨做的那样，把我撞倒后再逃走？"

我故意挑衅，但他并没有从长椅上站起来。

"你想对我说什么你就说吧，反正在这所学校里我已经无处可逃，我今天已经累了，没有那个力气，可是……你不要妄想我会回到以前的那个样子。"

在这短短的几天里，有许多学生都来找过平田。

担心他的，鼓励他的，可这些声音只会给他带来无尽的痛苦。

虽然不清楚到底是哪些人来找过平田，但我能猜到他们都说了什么。

他们想要治愈平田内心的伤痛，希望能够宽慰他。

在四周无人的长椅上，我们两个人并排坐着。

"所以……你要说什么？"

平田自然明白我的目的。他只是打算起个头，早点儿结束这一切。

"我想听你说。"

"咦？"

他以为我会向他表示同情，所以一时没有反应过来。

"我想让你告诉我，你以前是什么样的，有过什么样的想法。"

"……你为什么想知道这些？"

"没什么，就是突然想知道而已，硬要我说理由我也说不出来。"

可回答我的只有沉重的叹息和缓慢的摇头。

"我现在没有心情回忆过去，没有什么可说的。"

"为什么没有心情？"

"什么为什么……还不是……"

他看向我，期待我能明白他的意思。

"所以为什么？"

我故意无视掉他的眼神传达给我的信息，再一次反问。

"……因为山内的退学。"

我在逼他提起不愿启齿的往事。尽管如此，他还是说了。

"你也挺过分的，又让我说起这件事。"

"我只是单纯好奇。如果让你不开心了，我向你道歉。"

"……没事。"

他甚至没有力气反驳，只是再三叹气，弓着背，毫无意义地摇着头。

不要管我，不要管我，他的内心只有这一个想法。

"山内退学的事情和你以前的经历之间有什么相同点吗？"

面对我的步步紧逼，他再度发问。

"现在的情况和我以前经历了什么没有关系吧？"

"怎么没有关系呢。"

对于像鸵鸟一样把自己的头埋在沙子里，企图把自己藏起来的平田，我必须想办法让他主动袒露心声。

"项目选拔考核迫在眉睫，不光是堀北和栉田，连池和须藤都改头换面，积极迎战，而你平田呢？因为山内的退学一蹶不振，连配合一下都……"

我故意停了一下。

想示意他我本不想说这些事情，好转移到我的真正目的上来。

"我想知道你为什么会变成这样。"

"你问这个做什么，你觉得我会说吗？"

"会的，现在的你比任何人都想要了解自己。"

他希望看清自己的真心，可正因为做不到，才会如此痛苦，变成现在这个样子。

说吧，我用眼神向他强烈示意。

他终于看向了我，眼中带着一丝的敬畏。

"我终于明白了轻井泽同学所说的在你面前自己毫无保留的真正含义。看到你的那双眼睛……不对，是被你的那双眼睛盯着，就好像有令人感到恐惧的无尽黑暗……在眼前展开。"

平田也在逐渐被我攻略。

　　这个男人并没有放弃一切，相反，他日夜渴望着救赎。

　　所以会抓住一切的救命稻草，努力从地狱爬上来。

　　"我是不是和你说过……我有一个从小玩到大的好朋友在初中的时候遭受了霸凌的事情。"

　　"嗯，好像是叫杉村来着。"

　　"你竟然连他的名字都记住了……"

　　正因为知道这件事，我才能大概猜到导致平田现在失常的原因。

　　平田想要伸手帮那位朋友，可他害怕自己也会成为霸凌的受害者。

　　最终，他什么都没做，作为一个旁观者漠视着眼前的一切。

　　然后……

　　"我朋友他……跳楼自杀了。"

　　平田终于开始回想起那个时候的事情，慢慢组织着语言。

　　"命是捡回来了，可到现在，他都没有醒过来……"

　　平田的双手合在一起，紧握成了一个大拳头。

　　"是我让他做出了结束自己生命的行为，我的责任之重不言而喻。"

　　"那不光是你的错，根源在于别人。"

　　"是啊，但是旁观者同罪。"

在游轮上的时候平田就说过，这件事让他产生了拯救周围人的想法。

事实上他也一直都是这么做的，将班级的利益放在第一位，无论什么事都第一个举手。

为了找到解决问题的突破口，他不惜贡献出自己的全部力量。

不管是须藤的打架事件，还是和惠伪装成情侣，他始终践行着自己的理念。

但还是有没说明白的地方。

"我知道你还有疑问。"

他看都没看我一眼，接着说道：

"我朋友跳楼自杀的事情还有后续……"

这是他在游轮上的时候没有提到的内容。

"我以为他的自杀会给这一连串的骚乱画上一个句号，以为在付出了如此重大的牺牲以后，霸凌终于能够从学校消失，但并不是这样，这件事让我看到了人性无尽的黑暗。"

他的身体因为愤怒而颤抖着，眼中的恨意忽隐忽现。

"新的校园暴力受害者出现在了我们班。"

平田抑制着自己的情绪，调整呼吸，自言自语般讲述着事情的后续。

"我实在无法相信，明明刚出了那么严重的事件，竟然又出现了新一轮的霸凌。以前的旁观者成了现在的受害人，甚至连之前从没参与过霸凌事件的同学都成了霸凌的加害者。"

校园霸凌事件不断地涌现出来。

"在等级序列中，当最底层的那个人消失了，那么上一层的人就会自动沦为最底层，这也算是一种自然法则。"

"我当时觉得不能让这种事一而再，再而三发生，一定要终止这一切。"

"所以……你采取了行动？"

他点了点头。

"为了不让相同的悲剧再次上演，我采取了某种方法。"

平田缓慢地抬起头，正视我。

"简单来说我的方法就是用恐惧来支配这一切。"

"难道说是平田你来用恐惧支配这一切吗？"

"嗯，我不像须藤和龙园那样特别会打架，我们学校里也没有那种无所畏惧的刺头，所以就算我挥舞拳头，也没有人敢还手。我要站在金字塔的最顶端，将其他所有人都踩在脚下，当学生间发生争执时，我就会介入，对双方加以相同的制裁，让他们陷入同样的痛苦之中，没有人敢说什么，我就要用这种方法消除霸凌。"

平田大概自己也明白，那并不是真正的正义，而是另一种形式的错误。

可即便这样，为了让霸凌事件不再发生，他还是采取了这种方式。

"结果就是整个年级的学生好像都变了样，脸上再也没有了笑容，像机器人一样度过一天又一天。这件事在当时我所在的地区还掀起了一阵风言风语……被当作案件一样讨论。"

"学校最后是怎么处理的？"

"特别处理。所有班级都被强制解体，重新编排，在严格的监视下学习生活，直至毕业。"

如果这件事那么有名，自然广为人知，这所学校不可能不清楚。

不对，可能正是因为知道这件事，所以才让平田通过了选拔考试。

我总算明白了平田为什么一开始会被分进D班。

"所以你才会对山内受到攻击，成为退学目标者的事情反应那么大。"

"嗯……我本来想装作不知道，将沉默持续到班级内部投票那天的。"

可因为堀北的公开裁决，一切都被放在了明面上。

"是我能力不够，我果然当不了班级的领导者，再怎么做也守护不了山内……你现在应该明白了吧，绫小路同学？我真的已经坚持不下去了，我又产生了用暴力支配一切的想法，明明知道那是错误的……"

他的声音颤抖着，内心仿佛马上就要崩溃。

在平田的意识中，无论天堂或是地狱，既然是一个集体，就应该共同承受、共同面对。

他忍受不了有谁受苦，或是有谁要离开的现实。

在此之前，他一定经历了无数次痛苦的挣扎，苦苦追寻自我的解脱，却始终求而不得。

虽然不清楚小雨和其他学生对情况了解多少，但她们一定都是这样安慰他的。

"那也是没办法。"

"平田你没有错。"

"错的是山内，他背叛了我们。"

说法不同，中心思想却只有一个——平田是绝对正义的。

然而，这种话不能让平田得到慰藉，也解决不了当下的问题。

平田的保护对象是全班所有人，在这样的平田面前再去指责其中的某个人，只是无用功。

反过头来还会逼得他将自己封闭起来。

"我要说清楚一件事，山内的退学不是堀北的错，自然也不是我的责任，这一点，你明白吧？"

"……嗯，我知道那是没有办法的办法，我们别无选择，我不会责怪你的。"

平田小声说。

在平田听来，我的话就像是在和他确认此事与我无关，希望他不要怨恨我的意思吧。

"你觉得山内离开 C 班，离开这所学校，是谁的责任？"

"是山内自己……应该只能这么想了。"

这是平田在无可奈何下得出的一个结论。

自作自受。

山内退学的原因是他自己的无能。

"不对。"

我否定道，将平田天真的想法彻底推翻。

"山内退学，是你的责任。"

"什么？！"

他抬起头看着我，带着满脸的疑惑。

"如果你想帮山内，就应该为他做出一切尝试。"

"但……但是我已经尽力了！我别无他法。"

"B 班的一之濑就没有让任何一个人牺牲掉。"

"那……那是她的情况比较特别，手里有大量的个人点数才行，可我们没有。"

"那问题就出在你没有像一之濑那样正确引导大家把这一年的钱都攒起来，以备不时之需。"

这样山内就不会退学，四十人的班集体可以一直保持下去。

"不可能的，我们班在入学后没多久就失去了班级点数，攒不够这些钱，而且即使没有失去点数，我们班的同学也不会好好配合，不是吗？"

"班级点数变成零，没有引导同学们好好配合，这些都是你的错。"

不管他找什么借口，都不会改变这一事实。

"太不讲理了，太不讲理了。"

"嗯，确实不讲理，但没办法，选择走这条路的是你自己。你心里一直抱有这种幻想，想要保护好全班所有人，所以不管是谁退学了，大家都没办法指责你。可事实上，既然你抱有这样的想法，那么在失败的时候你就应该承担起所有的责任，你要具备这样的觉悟。"

"我……我……"

"是我弄错了，我本来以为你是一个优等生，一个值得众人尊敬的高尚的人，但事实并非如此，你不过是一个大言不惭、肤浅愚蠢的无能之辈。这才是你，平田洋介。"

这是非常极端的发言。事实上，平田并非无能之辈。

他在这一年里为班级做出的贡献绝非常人可及，他的优秀有目共睹。

将守护他人的目标挂在嘴边并不是坏事，没有完全做到也并不意味着全是他的责任。

然而我还是要责备平田。

要将所有的责任都推到他身上。

让这一切彻底压垮他，将他逼入绝境。

是因为平田果真如此？不是。

是为了让他强大到可以将全班护在他的羽翼之下？不是。

守护全班绝对是天方夜谭。

早晚又会像上次一样出现退学者。

可当这种情况再次出现时，为了 C 班的正常运转，平田不可或缺。

"你这种天真的想法打算持续到什么时候？"

他还没有从义务教育的框架中走出来。

每个人都可以独立决定自己是否入学以及是否退学，高中就是这样一个地方。

"这……这就是绫小路同学你本来的面目吗？用冰冷的话语毫不留情地打击他人……"

泪水从平田的右眼淌下。

不一会儿，泪水也从他的左眼流出。

"不管你的信念是什么，只要你心怀渴望，那就战斗到最后，不达目的不罢休。在这一过程中，就算有人退学也只能坦然接受，即使有重重阻拦，也必须不断前进。"

"好残酷……啊。"

"如果就此停滞不前，那么周围的学生就会一个接一个掉队。所以，你必须始终向前，只有你坚持下去，在一切结束后，你的身后才会留下更多人。"

身先士卒需要无比的勇气。

谁不知道何时会突然冒出拦路虎将一行人掀个人仰马翻。

"可是……这样的话，我该向谁倾诉自己的烦恼……难道我必须一个人站在最前方咬牙坚持着吗?"

"不是这样的，困难的时候可以向其他同学寻求帮助。堀北、栉田、须藤和池，还有小雨、筱原，谁都可以，向你想要依靠的人说出你内心的不安，这和谁站在前方、谁站在后方都没有关系。"

没有谁规定说站在前方的人就不可以示弱。

站在后面的人同样可以伸一把援手。

在平田淋雨时，所有人都会拼命为他撑一把伞。

"我……我……这样的我……真的可以再次带领大家前进吗?"

"当然可以了，现在的你一定能做到。"

我拍了拍他的肩膀。

这样一次小小的触碰让他的眼中涌现出了更多的泪水。

该清算一下了。

将他背负至今的重担全部清空。

让已经被压得动弹不得的平田可以重新站立起来。

"谢谢……谢谢你，绫小路同学……"

他低下头，眼泪决堤而下。

男儿有泪也不能轻弹。

所以才会需要朋友，可以毫无顾忌地袒露心扉的朋友。

言语已经不重要了。

我只需要待在他的身边，默默倾听他的苦楚。


这样——他就能重整旗鼓，继续往前走。

## 2

天亮了，又是新的一天。

本学年最终考核的日子不断逼近。

教室里还没有平田的身影。小雨的脸上也带着说不出的阴郁。

那是一个全班人都已经放弃，却还是忍不住一直为他担心的存在。

终于，那个对 C 班来说不可或缺的男人来了。

在大家甚至不忍直视他的现在。

"早……早上好，平田同学。"

不出所料，小雨又是第一个和平田说话的人。

她强忍住内心的伤痛，努力挤出笑容。

平田见状，走上前去。

或许是想起了昨天的事情，小雨的身体瞬间僵硬了起来。

看到小雨不知所措的样子，平田更觉抱歉，他低下头。

"早上好，昨天的事情，真的是太对不起了，是我太过分了。"

"咦？"

这是来自平田饱含情感的道歉。

"那件事情以后，你始终没有放弃我，可我却一直无视你，对不起。"

"没……没事，我完全……"

被平田崭新的面貌打了个措手不及的不只是小雨，还有全班所有人。

"大家……早上好！"

平田脸上那爽朗的笑容在昨天还是不可能想象的。

"平……平田同学？"

"我已经没事了，真的没事了。"

在回复完小雨后，他将目光转向了所有同学，他充满歉意地低下头。

"现在道歉可能有点儿晚了……如果大家同意，从今天开始，我希望能再次为班级做贡献。"

平田始终没有抬起头来。

班里的同学们面面相觑，好几秒钟都没能反应过来。

然而……

"平田同学！"

首先做出反应的几个女生簇拥到了平田的身边，接着，大部队都跟了上去。

大家都盼望着平田回归，没有人不为眼前的情况感到高兴。

"发生什么事了吗？"

堀北站得比较远，她傻傻看着，一时还不了解情况，于是便向我询问道。

"我不是说了要看周围人的努力吗？"

"话是这么说的……你没强迫他吧？"

"看起来像吗？"

"不太……像呢。"

"重新振作的契机，人各有异。大部分人在大吵一架的第二天又能当作什么也没发生一样重归于好。"

人际关系就是这样的。

在同学们的热情劲儿过了之后，平田最后走向了堀北。

"早上好，堀北同学。"

他看着堀北，那双眼眸清澈而率真。

"嗯……嗯，早上好。"

堀北可能是被平田当下散发出来的耀眼光芒一时晃

了神。

"我不觉得班级内部投票审议那件事我做错了什么。"

"……这样啊。"

"但是……你同样也没有错，不，你做的是对的。"

那个时候难以接受的现实，现在他似乎终于释怀了。

"是我没有意识到你的用心良苦。"

"你吃错药了？今天的你跟以前可是完全不一样了，也不像是装的啊……"

即便被堀北怀疑，平田依旧不改那坦率的笑容。

"我会为了重新获得大家的信任而竭尽全力，一会儿可以请你把这次考核的详细情况告诉我吗？"

"好的，但我会测试一下你是否真的恢复了，顺便了解一下情况，可以吗？"

"嗯，当然没问题。"

平田伸出手，堀北自然立刻给出了回应，这是不计前嫌、携手并进的象征。

教室里又再次响起了同学们对平田的关心，数分钟前还死气沉沉的教室突然明朗欢快了起来。

"我们这下终于可以全面应对特别考核了。"

"看样子是的。"

平田的回归对 C 班来说是一件天大的喜事。

只有高圆寺一个人，一如既往，我行我素。

## 绫小路对战坂柳

在经过漫长的准备后，第一学年最终的特别考核终于到来了。

规则规定失败班级的司令官将面临退学的惩罚，实则是为了拿走学生手上的保护点数。

失败班级的司令官要用保护点数来抵消掉退学惩罚。

虽然不会有真正的退学者产生，但班级点数无疑会发生很大的变化。

这场特别考核将在很大程度上左右场上的战局，甚至有可能带来班级序列的变动。

"你把昨天我给你的笔记本上的数据，还有口头和你说过的话，全都忘掉吧。"

在等待班级晨会开始的时候，旁边的堀北对我这样说道。

"你就按照自己的想法选择五个项目，再选择相应的选手上场。"

"我这么做不会打乱原本的计划，让大家手足无措吗？"

"我没有和大家明确说过一定会把谁安排到哪一个项目上，只说了会根据当天正式的比赛项目和顺序临机应变，所以没有问题。"

她已经充分考虑了各种可能性，就是为了给我创造出最好的环境，可以放手一搏。

"不管最后结果如何，我都不会负责的。"

"这次是班级对抗战，司令官可以介入，但主要看的还是 C 班的综合实力。我们的对手是坂柳同学所率领的 A 班，是整个年级最强劲的对手，和他们比赛，就算失败了也不会有人把责任归到你的头上。"

我听着堀北的回复，最后一次查看她给我手机上发来的信息。

上面有 C 班学生在这两周准备时间里的所有记录，包括讨论的内容、项目统筹，以及对应的训练。

"我会让它们发挥出最大的作用，这是你们努力的结晶。"

我临走之前叮嘱了堀北几句。

"国际象棋被选中的可能性大概有百分之七十，概率不小。"

在这几天里，我和堀北进行了多次对弈。

"我几乎没有赢过，这还是在你没有发挥出真正实力的情况下。"

从结果来看她确实没有怎么赢，但这些无关紧要，只经过短时间训练的堀北已经相当厉害了。

"不管对手是谁，我闭着眼睛都能打败他。这一点你记住了。"

"你可是相当有自信。"

结束和堀北的对话，我开始前往司令官指定的地点。

剩下的学生则留在教室里，等待来自多媒体教室的指令。待比赛项目公布后，再进行位置移动和服装更换。

通过显示屏并不能知道这些详细情况，等回来后再做交流吧。

## 1

我走进特别教学楼，前往目标场所。在那里，先一步到达的坂柳和一之濑正在门口闲谈，原来是多媒体教室还没有开门。

"早上好，绫小路同学。"

"早上好呀，绫小路同学。"

我轻轻挥手，同时回应两个人的问候。

"现在还不能进去啊。"

"老师说等四个人聚齐了才行。"

这说到底不过是为了保证比赛的彻底公平。

先进入多媒体教室就可以提前适应赛场氛围，调整好自己的状态。

本就是如此特殊的考核，讲究再多也不算过分。

"就剩下金田同学了呢。"

"对啊。"

回头看向来时的路，还没有出现金田的身影。这种时候再怎么样也不应该迟到吧。

"话说回来，一之濑同学你好幸运呀。"

"咦？幸运？"

"现在的 D 班手无缚鸡之力，他们是绝对不可能赢过 B 班的。就看你们能获得几场胜利了，如果是七连胜，我们 A 班的成绩又不好的话，你们班的等级说不定还可以上升一位呢。"

"那可不好说，谁知道最后会怎么样呢？对方肯定也会全力应战的，我们可不能疏忽大意。"

看到一之濑如此坚定的精神面貌，坂柳饶有趣味地笑了笑。

"啊，看来是我多嘴了。"

"没有，你是 A 班，对方是 D 班，你会这么说也是因为你们本来就站在顶点，只需等待下面的挑战者，所以并没有把 D 班认作是对手。而在这一年里，我们为了守住 B 班的位置可是付出了不少努力。"

这本来是坂柳蓄意的语言干扰，但一之濑并没有受到影响。

"我们同样制定了严密的战略，这场考核还非常考验团队的协作能力，不可掉以轻心。"

"原来如此，是我失言了，你说得对。"

侧耳听着二人的对话，百无聊赖的我看向了窗外。

临近四月，天气晴朗，万里无云。

大概又过了五分钟，已经很接近规定的时间了。

从走廊那边好像传来了轻微的脚步声。

"还以为他会迟到或是害怕得弃权呢。"

对于金田的姗姗来迟，坂柳半开玩笑地说出自己的想法。

一之濑也正在调整状态，迎接即将到来的考核。

等金田到了我们就可以一起进入多媒体教室了。

我提前在脑海里做着打算。

然而……

来者是一个不速之客。

那个人出现在我们视线中的那一瞬间，一之濑表现得比任何人都要惊讶。

坂柳也是一样，但她很快就眯起眼睛表现得很开心。

"……龙园同学？你为什么……会来这儿？"

一之濑明显动摇了。

就连我和坂柳都没有预料到会发生这种情况。

"怎么了，一之濑？你好像有点儿不安？"

如此直言不讳的，是 D 班原来的领导者——龙园。

"原来如此……这我倒是没想到。这次的考核让我一度以为只有拥有保护点数的学生才会当这个司令官，倒是我想得太绝对了。"

坂柳先一步理解了现在的情况。没错，金田没有跟在这个男人的身边。

"在这场考核里司令官的存在不可或缺，也就是说，如果原本的司令官因为特殊情况无法上场，那只能找人替代，对吧？"

考核当天司令官因为突发事件无法出席，这样的不测确实无法完全避免，所以学校应该会允许代理司令官的存在。

输了的时候自然也是代理司令官承担相应的责任。

"不过就算是这样，我也没想到龙园同学你会出山呢。"

"也是哦，特别是你一之濑，就算你今天发烧了，或者受伤了，为了不让其他同学有退学的风险，你拖着病体也会来的吧。"

失败的话，司令官就要退学，只有保护点数才能抵消掉惩罚。所以大家都会理所当然地认为拥有保护点数的学生一定会当这个司令官。

一之濑倒吸了一口冷气。

在公布特别考核的时候她也曾担心过，可这样的担心在决定对战班级时，金田作为司令官出现在大家面前的时候消失了。

她自以为龙园不会再插手这次的考核，认定这是一场保护点数拥有者之间的战役。

"作为代理司令官参加，应该是有附加条件的吧？"

"嗯，不能派金田出战任何一个项目，这也是自然。"

这样的情况一早就考虑在内了，龙园回答道。

"你这样突然出现就是为了吓我？金田同学没办法参赛，对你们来说应该很可惜吧。"

我不清楚金田的具体实力，但至少是 D 班的主要战斗力之一。

这不禁让人思考 D 班即便损失掉这样一名得力战将，也要走的这一步险棋到底有什么样的意义。

龙园当这个司令官是什么时候决定的？如果是一开始就决定好了，那么这一切就都是他们的计策吗？现在一之濑的脑袋里应该一片混乱。

"你没必要这么戒备，我不过是被推出来挡枪的，哪个班输了，该班的司令官就要退学，D 班的学生也能借此成功把我赶走，就是这么简单。"

"那我可以理解为你不会尽全力吗？"

"哈哈，嗯，我就随便玩玩，你放心吧。"

龙园展开双手表现自己的友好，但一之濑并不会因此放下戒备心。

"为了胜利不择手段，这才是你的风格，不是吗？"

"前提是我想要取胜。"

"毕竟你没有保护点数，为了不退学你只能背水一战。现在我总感觉 B 班想要取胜难上加难呢。"

一之濑这种类型的学生特别注重基础的构建，她们通常会在有充足信心、足够信赖以及保证安全的情况下行事，突发情况的应对能力绝对不算高。如果是水平相同的对手，这个问题还不会给她带来太大的困扰，可如果对手是龙园，事情就不太一样了。

不光是一之濑，D 班换司令官这件事将会很快影响 B 班全体学生。

等比赛开始以后，B 班所有人都会意识到龙园成了司令官。就算他们没有发现，石崎等人也会让他们知道的。

这样一来，所有人都会像一之濑那样动摇。

本应该远离班级对决的龙园成为司令官，无法预知的未来所带来的恐惧足以使人不安。

"看来 B 班和 D 班的比赛也变得有意思起来了呢。"

不过这样的发展对于一之濑来说有点过于突然了。

果然在 D 班开始持续对 B 班进行骚扰的时候，一之濑就应该有所行动。

如果她那时候能够察觉到是龙园在背后作祟，现在应该就不会这么慌乱了。

"既然大家都到齐了，那我们就进去吧。"

由坂柳打头，我们一起进入了多媒体教室。一道新建起来的墙壁正好将整个教室一分为二。虽然只是临时建起来的，但隔音性能看上去还不错。一年级的四位班主任正等在那里。

"B班和D班的学生请到这边来。"

一之濑和龙园跟随真岛老师进到了其中的一个房间，随后茶柱也跟着进去了。

负责C班和A班比赛的是D班的坂上老师和B班的星之宫老师。

管理各项比赛现场的老师应该另有其人。

"比赛将在五分钟后开始。请大家趁现在调整好心情，迎接比赛。"

星之宫老师给出建议，随后和坂上老师开始进行最后的讨论工作。

给我和坂柳留下了短暂的相处时间。

"这一天终于……终于来了。我昨天夜里都没睡好，早晨还赖了一会儿床。"

"我可不记得我让你等了这么久。话说回来，我和你的相遇不过只是偶然。"

"你的意思是如果你没有来这所学校，我们就不会相遇？"

我点了点头。

而坂柳笑着否认道："我们在这所学校里相遇确实是偶然，但我内心一直坚信着总有一天我会再次见到你，这是我们之间既定的命运。"

"命运，这个说法好抽象啊。"

"少女的想法就是这样。"

坂柳拄着拐杖慢慢靠近我，脸上挂着一如既往的笑容。

"如果你没有来这所学校，那我会再等三年。我相信自己可以将这份期待隐藏在心底，不慌不忙地度过这三年。可现在不行了，自从我知道你就在我身边，我感觉每一天都是那么漫长，我想要早点儿实现自己的愿望，你不知道我费了多大力气去抑制这样的心情，这是我做梦都在期待的事情。"

坂柳说了这么一长串。她的梦想终于要实现了。

"你不害怕从梦中醒来吗？"

战斗一旦打响，就再也不能回到过去。

"梦总会醒来的。"

她不介意。一切尽在今天。

"一般来说，比赛之前双方都会客气一下，请对方……手下留情……"

那不像是少女的眼神，她的眼神如同猎人紧盯着自己的猎物一般锐利。

"但我想说的是请你全力以赴。"

坂柳不希望我随随便便对付这场考核，我也不会这么做。

我的目的不是为了满足她的期待，毕竟再继续被她纠缠着不放也实在麻烦。

可是仅凭一次这样的考核就能让她满意？

坂柳仿佛看穿了我的想法，补充道：

"要说我这样就满意了那就是在骗人了，这次考核的内容实在无法发挥出我们的全部实力，司令官虽然可以介入，但毕竟在很多方面受到了限制。"

由司令官一个人的实力决定胜负的考核，学校断然不会实施。

不过只要是能分个高低出来，那也可以接受，坂柳这样说道：

"可是，如果司令官可以在很大程度上介入比赛，又会出现别的问题。我是考虑到了绫小路同学你的情况。你不想让其他同学知道你的能力对吧？"

这真是太感谢了。如果所有项目里，司令官的存在会在很大程度上左右战局的话，我大概会有所顾虑。

"大家注意，考核马上开始，请落座。"

这是来自星之宫老师的指令。我和坂柳面对面坐下，中间隔着众多机器，自然看不到对方的脸。

电脑上显示出 C 班所有人的证件照片。

除我以外，共计三十八人。他们接下来将被分配到各个项目中去，也是我并肩作战的队友。

接着，电脑上显示出我们班预先准备好的十个项目。

"我是负责推进此次项目考核的坂上。第一学年最终特别考核即将开始，请各班选择五个项目，并按下决定按钮。"

我根据堀北的决定做好了选择，并没有丝毫犹豫。

很快 A 班也做出了决定，显示屏上显示出双方选择的结果。

C 班选择的五个项目是弓道、篮球、乒乓球、打字和网球。我们曾考虑要不要把猜拳这个挺有意思的项目也放进去，最终还是作罢。

因为英语和 A 班的选择重复，所以被剔除了。此外，擅长游泳的平田和小野寺在对方的项目中也有用武之地，所以最终没有选择游泳。

总体来看，C 班的战略部署以运动项目为中心。

A 班选择的五个项目则是国际象棋、英语、现代文、数学和心算。两个班加起来一共是十个项目。葛城所透露的三个王牌项目都在其中，还有备选的心算与现代文测试，他的消息非常准确。

不过这并不会对场上的战局带来很大的影响，因为我并没有把葛城提供的消息告诉堀北。

"接下来将进行抽选，随机决定今天的七个比赛项目。"

"话说绫小路同学你真可怜啊，对手竟然是坂柳同学，真同情你。"

"星之宫老师，请注意表达。"

"好的，好的，我不说了。"

被同为老师的坂上提醒，星之宫连忙道歉反省。

"中央的大型显示屏上会显示抽选的结果，请大家看一下。"

说着，坂上老师切换了显示屏画面。

画面变成了3D影像，显示"正在抽选中"。

很快，第一战的项目信息出现了。

## 篮球

所需人数：五个人　　规定时间：二十分钟（两轮，每轮十分钟）

规则：遵从篮球标准规则

司令官：可在任意时间点替换一名选手

这项运动由我们C班提出，每个班需要派出五个人。

也是我们绝对不能输的项目。

"坂上老师，学生之间可以自由说话吗？"

"没有不允许学生说话的规定，请便。"

"所以，可以自由进行口头攻击？"

坂柳径直向老师确认。坂上老师表示没有问题。

"哇，坂柳同学真是毫不留情。"

她看出获得了允许的坂柳将会对我展开无情的进攻。

"星之宫老师。"

"是，对不起！我保证不说了！"

学生可以自由说话，但老师不行，星之宫老师已经几次被提醒了。

"果然和预想中的一样，C班会选择人数少的体育竞技巩固战局呢。毕竟成绩好的学生比较少，这么做倒也正常。不过说到篮球这个项目，须藤同学应该是主力吧。他可是学校里首屈一指的篮球健将，感觉我们A班胜算不大呀。"

坂柳说这一席话的目的在于希望我能和她进行口头上的互驳，但我一度保持沉默。

因为我不希望给星之宫和坂上老师留下不必要的印象。

"是幕后真正的司令官——堀北同学提前命令你让你不要多说话的吗？"

面对沉默不语的我，坂柳一顿输出。

"既然她都决定好了，那不管你说什么都不会影响你选择接下来的比赛项目的选手，不是吗？"

坂柳也明白我之所以一言不发是因为有老师在场。

"堀北叮嘱过我不要多说废话，因为可能会中了你的计。"

"哈哈，这可不行哦，绫小路同学。你已经向我透露了一个关键信息了。你不应该把幕后指挥者供出来呀，你这样我不就可以根据堀北同学的性格和行动模式预测你们的作战计划了吗？"

"但……我并不一定就是从堀北那里接受的指示吧。"

"这不是刚刚你自己说的吗？"

坂柳在偷笑，星之宫老师则拿手抵着额头，发出无奈的声音。

看到我这么轻易地就暴露了重要的信息，坂上老师也是左右摇头。

"不是这样的，确实是堀北叮嘱我，让我少说话……但制定作战计划的可能是别人。"

"可能？这种时候就算是谎言也应该说得笃定一点儿才行哦。"

坂柳完全看穿了我们班的作战计划，掌握了比赛战局。现在就是这样一个的局面。

相信这样的对话足以在比赛开始之前就显示出坂柳和我之间的云泥之别，骗过在场的两名老师。

"你说这么多有意义吗？我们班也仔细研究过你的

行动偏好，所以就算你知道我们的作战计划是堀北制定的又怎么样？我们彼此彼此。"

"哈哈，你这是直接承认了呀。不过，我什么时候成了决定作战计划的那个人呀？我和你一样，身后还有一个班的智囊团呢，你以为我们在正式考核之前没有一起讨论过吗？"

"这……"

这一切都发生在允许自由说话后的几十秒内。

坂上老师看不下去了，他推进考核往下进行。

"考核继续，大家可以自由说话，但请不要影响发挥。"

刚刚的对话当然不会对我的精神状态带来任何影响。担心的只有老师们。

对于我和坂柳来说不过是单纯的闲聊。

司令官对于参赛选手的选择已经结束，接下来同时公布双方的作战队伍。

我们班派出的是主力牧田进，还有南节也、池宽治、本堂辽太郎、小野寺茅野这五个人。须藤并不在其中。我们采取了四名男生、一名女生的组队形式。主力牧田，据须藤所说，牧田曾在篮球部训练过，技术不错。另外，虽然小野寺最擅长的是游泳，但她打篮球的技术也不差，让她上场比让一个没有任何经验的男生上场更能发挥出团队的实力。A班则选择的是町田浩二、鸟羽茂、神室真澄、清水直树、鬼头隼，其中也有一名女生。

根据平田和惠，以及栉田给我的信息进行分析，他们班这支队伍的实力足以一战。

坂上老师站在 A 班那边，我看不清他的脸。但星之宫老师就在我身边，我看得很清楚，她明显对我的决定感到困惑。

原因就是被认为一定会上场须藤健不在名单上。

当然了，这并非我一个人的决定，而是堀北以及 C 班全体学生商讨后的结果。

不过，这种程度的作战计划，坂柳一眼就能看穿。

"原来是特意没有安排须藤同学上场呢，以他的运动天赋，估计乒乓球和网球也是他的强项。不过，这全部都在我们班的意料之中。"

从一开始就派须藤出场确实能够让 C 班毫无悬念地将胜利收入囊中。对于 A 班来说，应该不希望选中"篮球"这个项目，他们一定以为我们会派出须藤。而与须藤率领的 C 班队伍硬碰硬，胜算太小。

如果他们不愿意让他们班的运动健将折损在这个项目上，就会选择直接放弃这场比赛，派出一支实力不强的队伍。反过来让我们消耗掉须藤这员大将，他们班就可以在后期的运动项目上占据优势。

我们班觉得 A 班会这么想，所以决定先不让须藤上场。作为在之后的运动项目中也可以占据优势的珍贵战斗力，能留则留，毕竟如果后面选到了网球或是乒乓球，须藤能不能上场是很重要的。

然而，在我看到 A 班的队伍时我就明白了，原来我们班的那点儿小心思早就已经被看穿。

"对了，是谁想出的这条司令官介入规则啊？'可在任意时间点替换一名选手'什么的，也是堀北同学吗？这目的也太明显了吧？"

"不好意思，这个问题我恕难回答。"

"是吗？既然你无法回答，那就没办法了呢。"

显示屏的另一端，准备工作正在紧锣密鼓地进行着。很快，比赛就要开始了。

在此期间，我和坂柳只能时刻关注比赛的进程。

唯一能做的就是等到需要的时候替换一名选手上场。

但这一步同样至关重要，将会在很大程度上左右场上的局势。

一声哨响，第一轮篮球比赛拉开了帷幕，这是一场十分钟的紧张对决。

我们班虽然少了须藤，但开局并没有落了下风，双方的比分咬得很紧。

教师们同样被这场不相上下的对决吸引住了。

肩负重任的牧田球技不差，尽管远不及须藤，也并非平庸之辈。他充分发挥出了自身主力的作用，与 A 班的主力鬼头展开了激烈对决。

第一轮结束，双方比分十二比十一，C 班以一分的优势暂时领先。

"真是有趣的比赛呢。"

坂柳表达出自己的直观感受。

还说不准第二轮哪一方会占据上风。

四分钟的中场休息过后比赛将再度开始。坂柳并没有什么动作，一分之差并没有让她急于改变作战方案，而我则将手伸向了键盘，是时候让须藤换下池上场了。

场上的两支队伍确实难分伯仲，难以预测最终胜利会花落谁家。

到底要不要让须藤上场一直是一个艰难的抉择。

"哈哈。"

坂柳发出了轻微的笑声，似乎一点儿也不害怕须藤上场。

显示屏的那头，热身后的须藤出现了。

按理来说这个时候派他出战他应该会感到奇怪，毕竟双方差距并不大，但他现在的表情无比认真。

须藤应该也和我有相同的感受吧。

"双方现在实力差不多，不对，是 C 班以微弱优势领先，让须藤上场不是为时尚早吗？"

"保险起见。"

"毕竟是至关重要的第一战，我理解你的心情。谁知道接下来会不会抽中网球和乒乓球呢，要是没抽中，那留着须藤也就没有意义了。"

"你们班不替换选手吗？"

"没有必要，我们一开始选择上场的选手就已经拥有足够的实力了。"

鬼头的对手从牧田变成了须藤。

须藤一直在另一个房间里观战，对于双方的实力差距应该有所把握。

四分钟的休息时间已经结束，后半场开始了。

而紧紧牵制住须藤的鬼头，居然展现出了倍于刚才的实力。

"果然……你这家伙，刚刚是在要我们？！"

须藤气急败坏的声音通过显示屏传了过来。

我从一开始就知道 A 班在故意隐藏实力。

但究竟隐藏了多少，不实际上场对战是不会明白的。

从现在场上局势来看，鬼头对须藤穷追不舍，但相比之下还是须藤更胜一筹。

须藤越过对方的防守，攻入对方的阵地。

A 班的选手死死牵制住了须藤所率领的 C 班众人。

尽管须藤的实力无可匹敌，但其余队员的实力与技术确实不如 A 班。

十七比十三，双方的差距扩大了。

然而，对方的动作非但没有慌乱，反而更加灵活了起来。

"喂，鬼头，你是专业的吧！"

"不，你的对手现在就是一群外行，可你却连这都应付不来。"

"开什么玩笑！"

"我没有必要撒谎，我和他们一样，只练习了不到一周的时间。你对自己的篮球技术那么有自信，实际看来也没有什么大不了的嘛。"

"这个混蛋！"

因为没有场下应援的声音干扰，所以声音虽小，两个人的对话还是通过显示屏传了过来。

被告知是在和一群门外汉进行比赛，须藤的表现开始有了一丝逊色。

"哈哈，那是假的，鬼头同学其实很会打篮球。"

坂柳说道。对须藤进行语言上的刺激，这大概也是坂柳的计策之一吧。

"这么做可以让他的精神产生动摇，他个人的技术再怎么优秀，内心不成熟的话还是会给人以可乘之机的。"

事实上，鬼头的篮球技术非比寻常，上一轮是故意保存实力，假装和 C 班势均力敌，目的就是为了让我方换须藤上场，逆转获胜。

即使这一计落空也要通过刺激须藤，分散他的注意力，从而夺取最终的胜利。

可以说坂柳的计中计实现了对我们班的精准打击。

"比分马上就要追上了哦。"

鬼头投进一球，双方比分十七比十五，A 班就要追上来了。

须藤精神上的动摇确实在一定程度上削弱了他的实力，导致双方的差距也在缩小。

但是……

"你刚刚说须藤的内心还不成熟，这是什么时候的消息了？"

"什么意思？"

须藤在这一年里成长了许多，他不会因为别人的一两句话就失控。堀北不会因为比赛中须藤的帅气表现而夸奖他，她赞赏的是带领团队获取胜利的须藤。

"受死吧！"

"咦？！"

须藤虽然语气依旧粗暴，但状态已经恢复到了最佳，他反身过了鬼头，以魔鬼般的气势冲向篮筐，已经没有人可以阻挡他了。一个利落的扣篮，C班再次得分。

"啊……热血起来了……你是赢不了我的。"

鬼头固然实力不弱，可和恢复了冷静的须藤相比还是差了一大截。

"原来如此，他也和以前不一样了呢。"

在接下来的比赛中，须藤始终沉着应战，与团队实现了完美配合。

标志比赛结束的哨声终于响起。

"耶！我们赢啦，铃音！"

须藤比出胜利的手势，现在的他高兴得就像是拿下了一场专业比赛的胜利。

这一胜意义非凡，须藤绝对是我们班的功臣。

"他的能力果然超群呢，我小看他了。"

坂柳的计策最终还是落空了。

比赛结果是二十四比十六。第一场对决以我们班的胜利完美告终。

"没想到居然是C班拿下了第一局，场上的事情真是谁也说不准呀。"

星之宫老师一个人自言自语，这个结果是她意料之外的。

不过话说回来，这个项目本来就是我们班提出的，并且派出了须藤上场，这无疑是我们必须拿下的一场胜利。

## 2

项目对决第二战就要打响了，抽选结果是……

### 打字

所需人数：一个人　　　规定时间：三十分钟

规则：三个科目内容分别是单词、短文和长文，以打字速度以及正确率作为评判标准

司令官：可以提醒选手修改考核中发现的一处错误

又是我们班选择的项目，对战人数为一比一。

看样子今天幸运之神更为眷顾我们。

这个项目由我们班最擅长电脑操作的博士提出。他的打字速度在 C 班无人能敌，且远超全国平均水平。不过，我们班也没有十足的把握能够获胜。因为实在无法获得 A 班的相关信息，不知道 A 班有多少人擅长这项技能，以及实力的强弱。在这个项目上，我们说到底不

过是选择了相信博士的能力，而学校之所以会通过这个项目，应该另有原因。

"一个蛮有意思的项目呢，看起来像是游戏，实际上打字技能作为 IT 社会中的基本能力，可以说是不可或缺，学校会采用这个项目也是自然。"

如果是学习方面的比赛，A 班基本上是更有优势的。

堀北应该是为了避开这一点，才会选择这种技能考核。

"谁都有一两件擅长的东西，却不一定顶尖。看来你们班应该有一位打字高手吧。"

和将擅长游泳的小野寺分派到篮球项目中一样，在某一个项目中没有对手的学生大多同时也拥有着在其他项目里发光发热的可能性。反过来，把博士这种只有一项擅长技能的学生放在这种一对一的项目里，才更有利于之后考核的推进。

我自然选择博士……外村秀雄。

另一方面，坂柳则派出了吉田健太，一个我们班完全不了解的学生。

在这场比赛中，司令官的存在几乎起不到任何作用，我们会设置这样的规则就是为了彻底防止坂柳干预比赛。

并且最后将由校方提前准备好的应用系统进行判定

打分。

比赛结果为——

"C班外村秀雄，九十分。A班吉田健太，八十三分。C班胜。"

比赛结束，坂上老师公布各班分数。

仅仅相差七分。

光听这个结果还是很险的，可比赛就是比赛，多一分也是胜利。

"还是差了一点儿啊，看来你们的实力不可小觑呢。"

A班接连败北，这是我们也没想到的，但也没办法，前面这两个项目都选自C班，坂柳束手无策。

## 3

就这样，C班连胜两局。

事实证明堀北的策略和想法是对的，运气也是上乘。

现在还剩八个项目，如果幸运之神能继续眷顾C班就好了……

**英语**

所需人数：八个人　　规定时间：五十分钟

规则：题目范围是一年级所学该科目内容，总得分高者胜

### 司令官：可以代替选手回答一题

这是迟早会到来的知识考核。

对我们来说，赢得这场特别考核的关键在于如何在对方选择的项目中取胜。

如果这次可以获胜，将大大鼓舞我们班的士气，这是比赢下任何一局都更为有利的事情。

我把注意力放在了小雨等擅长英语的学生身上，但又在堀北和启诚等知识全能型选手的安排上犹豫了。A班的项目里不仅有英语，还有数学和现代文，而我们班在这方面有实力的学生不多，分配也成了难题。

关于如果有两轮知识考核应该如何应对，堀北的笔记本上提到了两种策略。

一种就是为了取得两次胜利，将战斗力均分；另一种就是丢掉一个项目，将战斗力集中在另一个项目上。

与早早决定好了上场选手的坂柳相比，我在思考上用时稍微长了一点儿。

"你还是第一次想了这么久呢，看来堀北同学的指示不止一个。"

我没有办法保证之后不会有数学测试，也没有办法保证我们这次就可以赢。

相比之下C班在英语这门科目上的实力是不太够的。

"放弃英语？还是……全力应对？"

坂柳显得很兴奋。她居然不担心 A 班继续失败所带来的可怕后果。

"我知道你现在在想什么，如果我赌你们会舍弃掉英语，所以不派出一支实力强的队伍的话，那么我们班的强者将集中在后面的项目里，你们会更难对付。而如果我们的这支队伍实力不强，你在 C 班里好好选几个实力强的人，也是有机会获胜的，所以你不好抉择。"

短暂思考过后，我还是决定将英语舍弃掉。

"我和你说，从整体倾向上看，女生比男生擅长的科目更多，分数也更高，英语就是其中之一。不过这也只是倾向，仅供参考。"

在决定上场选手之际，坂柳建议道。

她企图用各种信息来干扰我，给我压力。

A 班绝不希望在这个项目上继续失利，他们的队伍应该很强大。

选择结束，显示屏上显示出各班派出的人员名单。

我们 C 班派出的八个人是冲谷京介、南伯夫、轻井泽惠、佐藤麻耶、筱原皋月、井之头心、园田千代、市桥琉璃。正好趁这个机会消耗掉在接下来的项目中也不会上场的学生。

A 班派出的八个人是里中聪、杉尾大、塚地志保里、谷原真绪、元土肥千佳子、福山志信、六角百惠、中岛理子。这应该并不是 A 班最强的队伍，但也已经很有实力了。可能是她也认同刚刚自己所说的倾向，选择的这支队伍里足足有六名女生。

"看样子你是考虑到之后的比赛，所以放弃了英语这个项目吧。你还挺明智的。"

她果然详细掌握了 C 班学生的学习情况。

司令官能够干预一道问题的答案，但总的来说，我在这个项目中的作用并不大。

由于可以实时切换查看同学们的试卷，我将一道估计大多数人都不会的问题答案告诉了场上的 C 班学生。

话说回来，这样的帮助并不能给考核结果带来多大的影响，也就几分之差。

分数统计立即开始，没过多久，比赛结果就出来了。

八个人的总分就是班级的最终成绩。

"C 班合计四百四十三分，A 班合计六百五十一分，A 班胜。"

A 班的成绩果然将我们远远甩开。

"我们班的平均分是八十一分左右，如果 C 班也派出一支实力强的队伍，还是有可能获胜的。"

她是想说自己也有疏忽吗？恐怕没有这么简单。

错过了可能到手的一场胜利，这样后悔的想法会侵蚀人的心灵，影响接下来的判断。

完全不惧怕三连败，坚持将一部分有实力的学生留到后面几场比赛项目中的坂柳果然勇气非凡。

A班喜提初胜。很快，进入第四场比赛的抽选阶段。

**数学**

所需人数：七个人　　规定时间：五十分钟

规则：题目范围是一年级所学该科目内容，总得分高者胜

司令官：可以代替选手回答一题

这是继英语过后的又一场知识测试。

"你之前保留实力的做法还挺对的呢，这次是全力一搏，还是把实力留到现代文测试？"

先不考虑后面的情况，我打算将C班学习好的学生全部投入到这个项目中。

"虽然我刚刚说女生一般分数更高，但到数学就不一样了，相较之下男生会更有优势，真有意思呢。"

不管她说什么，我们已经决定好的选手队伍都不会发生变化。

平田洋介、幸村辉彦、石仓贺代子、王美雨、东笑菜、椥田桔梗、西村龙子，这支队伍是C班学习实力最强者的集合。当然，正常来说还有堀北和高圆寺。A班

则选择了的场信二、岛崎一庆、森重卓郎、司城大河、石田优介、山村美纪、西川亮子，以男生为主的这七个人是不亚于 A 班上一支队伍的学霸团队。

数学测试稳步进行中，和刚刚实力相差悬殊的英语不同，以幸村辉彦，也就是启诚为首的 C 班队伍在解题过程中并没有遇到太大困难，几乎没有出错。

成员中实力稍弱的西村配备有耳机，我可以替他回答一题，不过仅仅一道题的正误必然不会左右最终的胜负。坂柳也是事先想到了这一点，才特意将司令官的干预限制在最低程度。

知识测试结束，进入评分阶段。

如果我们能在 A 班选择的这个项目上拿出成绩来，那么最终获胜的概率就会更大。

到底能不能拿下这一局，顺利挑战第五个项目呢？

"数学测试结果，C 班……六百三十一分。"

平均成绩达到了九十分，已经非常优秀了。

但同样的，问题的难度也没有那么高。接下来就看 A 班的结果了。

"A 班总分……六百五十五分，A 班胜"

根据坂上老师公布的总分，C 班因为二十四分的差距，输掉了这一局。

"好险，C 班的大家也好厉害呀，如果有堀北和高圆寺同学在的话，你们说不定就赢了呢。"

"……可能吧。"

没能拿下数学这一局有点儿可惜，正如坂柳所言，在队伍中加入堀北和高圆寺的话，我们很有可能赢，但实际上谁也没办法确保结果会如愿以偿。

现在的比赛战局对我们班来说不太妙，如果接下来有现代文测试，那么我们班基本上已经没有获胜的可能，因为我们班已经没有了在总实力上可以超过 A 班的队伍。

现在是两胜两负，我们被追赶上来了。

## 4

第五场项目考核的抽选开始。

**心算**

所需人数：两个人　　规定时间：三十分钟

规则：采用珠心算的形式进行比拼，以正确率和速度作为评判标准，获得第一名的选手所在班级胜利

司令官：可以修改选手任意一个问题的答案

连续第三个 A 班的项目。

这对我们来说本来是一个不利的情况，可这个项目有些特别。现在的启诚心里应该在偷着乐，因为葛城答

应我们会在这个项目上放水。

　　不过现在高兴还为时尚早，如果葛城不出场，那么一切都是白搭。

　　"又是一个 A 班的项目，我们绝对不会输的哦。"

　　我遵循堀北制定的方针，选择了高圆寺六助和松下千秋上场。

　　佩戴耳机的是松下，毕竟就算分配给高圆寺他也不一定会听我的。

　　但堀北安排高圆寺这时出场应该是一个正确的选择，这个项目不是按各班总得分判定胜负，而是认定最终成绩排在第一名的学生所在班级胜利。如果高圆寺能够顺应我们的期待，认真答题，那么我们就有获胜的可能。万一他不配合，也有松下兜底。松下的脑子转得快，本来计划的就是将她安排到数学或心算这两个项目中的任意一个里面。现在回过头来看，就算刚刚把她放在数学测试中，也不会对最终结果产生什么影响，我们没有在上一场项目中就浪费掉她的实力，这一点还是比较幸运的。

　　坂柳选择了葛城康平和田宫江美。

　　根据葛城透露的消息，田宫的实力并不强。

　　如今佩戴耳机的人是葛城这一情况也佐证了情报的真实性。

　　"一共有十道题，难度会逐渐提升，每题的分值也会提高，如果双方成绩相同，将进行加时赛，直至一方出现错误为止。"

多媒体教室的显示屏上会出现数字。

司令官只能干预一道题，所以必然会是分值最高的最后一道。

心算比赛马上就要开始了，可高圆寺依旧架着胳膊，紧闭双眼。

"……果然事与愿违啊。"

高圆寺的态度自始至终都没有发生改变。

标题"一位数，三个数字，五秒钟"显示在了屏幕上，这是十级左右的难度。

六、九、一。答案是十六。

这一题不难，学生们迅速写下答案。

松下做对了，但高圆寺并没有动笔，他连眼睛都没睁开，会是这样一个结果也是自然。

看来需要期待一下葛城能遵守之前的约定了。

"哈哈，他果然是个怪人。"

虽然她看不见我方选手的答案，可高圆寺都没有动笔，结果可想而知。

"不过你们的宝应该压在了松下同学身上，所以没太大影响吧。"

考核正在不断推进。

到了第三题、第四题，就变成了两位数，数字也超过了六个。

松下目前还没有遇到什么难题，顺利写下正确答案。

到了第五题的时候，难度上升了。

第五题是三位数、六个数字、五秒。第六题更难，上升到了三位数、八个数字、五秒。

松下的大脑正在飞速运转。

她奋力计算得出的答案中，到第六题为止都是正确的。

她已经尽了自己的全力。接下来的第七题，三位数、十二个数字、四点五秒；第八题，三位数、十五个数字、三点五秒。

到了第九题，三位数、十五个数字、二点五秒。

"这也太难了吧！"

一直在旁边观战的星之宫老师也有些惊讶。

"难度确实有点儿太高了……"

坂上老师表示赞同，这些题不是常人能完成的。

到第六题为止，松下都做对了，从第七题开始则失误连连，高圆寺更是一道都没有写。按现在的情况，就算他做对了最后一道题，也没有用了。

我已经将前面九道题的答案记在心中，坂柳应该也是一样吧。

司令官只能更改一道题的答案，如果解不出第十题就回答第九题，解不出第九题就回答第八题。

　　葛城的解答情况将左右整个战局。

　　最后一题的计算开始了。

　　三位数、十五个数字、一点六秒。

　　数字会闪现十五次。

　　四周鸦雀无声。

　　葛城、松下，还有田宫甚至没有办法拿起笔，只能呆呆地望着题目。

　　坂柳发送司令官介入的指令，我紧随其后。

　　"那么……请司令官给出一道题的答案，越靠后的题目得分越高。"

　　我应该回答的问题当然是最后一题——第十题。

　　松下乖乖写下从耳机里听到的数字。

　　她自己没有算出来，所以自然无从怀疑别人。


　　"哈哈哈，这个游戏真有意思，我还是第一次玩呢。"


　　我和坂柳都已经自动忽略了的高圆寺不知什么时候睁开了眼睛。

　　他通过显示屏朝我们这边看来，脸上露出饶有趣味的笑容。

　　"绫小路同学回答的是哪道题的答案呢？我是第十题，答案是七千六百一十九。"

　　我告诉的答案是……

"和你一样。"

看来坂柳也做对了最后一题。

"司令官的介入不分伯仲，只能看葛城同学和松下同学他们两个人的结果如何了。"

老师正在回收选手们的试卷。而这时，那个交了一张白卷的男人开口了。

"最后一题的答案是七千六百一十九吧?"

"哇哦……真是吓到我了，高圆寺同学做对了呢。"

坂柳给高圆寺送去赞赏的掌声。

老师们正在紧锣密鼓地统计着四人的成绩。

如果葛城做对了从第七题到第九题中的任意一道，那 C 班就输了。只有他做对的题数低于六题，我们才有获胜的可能。

"比赛成绩，最高分来自葛城康平，十题中做对八题。A 班胜利。"

本以为 C 班可以赢下第五场，占据比赛的优势，结果最终的胜者还是 A 班的葛城。

第五场比赛就此落下帷幕。

"真遗憾呢，绫小路同学。"

"原来我们没能把葛城拉拢过来。"

"他确实恨我，你们从这一点着手也没有问题，但是你觉得我会忽略这个漏洞吗？"

　　虽然我看不见坂柳现在的表情，但我知道她在笑。

　　"我早就告诉过他了，如果他背叛我的话，我就会在 A 班挑几名努力奋进的学生，直接让他们退学。实际上他把同学看得很重要，他不会为了报仇而让别人无辜牺牲。"

　　坂柳和葛城认识的时间比我长，对于葛城的优势与劣势全部了如指掌。

　　"话说这种突如其来的失败所带来的精神打击可是很大的，对于最后一战你没有感到不安吗？"

　　"谁知道呢。"

　　"不光是葛城的事情，如果高圆寺同学可以认真对待的话，他说不定可以拿下最高分，所以说这场比赛你们本来是可以赢的哦？"

　　"那只是假设，没有办法控制的力量是不能算在总实力里面的。"

　　正如学习不好、身体素质不佳、没有特殊技能的学生不能算进战斗力里一样，面对考核，态度阴晴不定、不会认真对待的学生同样不能算进战斗力里。至少在这场考核里是这样的。

　　当然，没能够成功说服高圆寺发挥实力的我们也有错。

　　已经两胜三负了，我们的处境非常危险。

"只剩最后两个项目了，好少啊。"

坂柳发出了意犹未尽的叹息声。

"事到如今，感觉几胜几败都无所谓了。"

"那你就把胜利让给我们 C 班吧。"

"这可不行，我可是要全力以赴的。"

在坂上老师的推进下，第六个项目的抽选开始了。

如果被抽中的又是 A 班的项目，那么最终 C 班落败将在所难免。

# B 班对战 D 班

A 班和 C 班还在统计第三场英语考核的成绩时，B 班和 D 班的第四场较量已经接近尾声。

"比赛成绩，B 班六百零一分，D 班四百零九分。第四场，B 班胜。"

听到真岛老师公布的比赛结果，一之濑终于松了一口气。

这是 B 班提出的学业知识测试，是绝对不可以输的一场比赛。

"挺幸运的嘛，一之濑，连续选中你们 B 班的项目。"

"……是啊。"

获得胜利的一之濑不见轻松，输了的龙园却也丝毫不慌乱。

这是自然，在已经结束的四项比赛中有三项来自 B 班，可到现在为止，B 班只赢了其中两项，这是 B 班没有料想到的。主要原因在于 B 班输掉了第三场，由他们自己提出的化学测试，而之所以会失败，答案也显而易见。

"老师……肚子疼的学生都从洗手间回来了吗?"

一之濑询问真岛。真岛马上联系负责比赛现场的老师，确认 B 班的情况。

"没有，有两个人没有回来，另外有几个人现在身体还是不舒服。"

"这样啊……"

B班主力身体突然出现问题导致比赛败北。

不仅如此，就在考核前一天，部分B班学生被D班找茬，这件事也影响了大家的心情。

虽然B班向学校进行了申诉，但由于只是口头上的矛盾，学校并没有追责。

而这些恶劣行为的幕后指使者无疑是坐在一之濑对面的龙园。

一之濑深呼吸，试图让自己再次冷静下来。

"呼……没事，没事的。"

至少现在还没有被反超。因为化学测试项目的失败而一时慌乱的一之濑慢慢调整着自己的状态，尽管状况频出，但不管龙园说什么做什么，他也只能在司令官权限范围内行动。

只要自己不松懈，勇往直前，就不会输。

一之濑拼命挽回自己的自信。

"喂，老师，快点儿开始第五场比赛呀，B班那些人在考核当天都不好好注意自己的身体，我们可不能给这样的对手让步吧？"

"你说话注意点儿，龙园。"

茶柱提醒龙园不要出言不逊，但对方丝毫没有放在心上，反而变本加厉。

"谁知道是不是真的要上厕所啊，不会是在利用这段时间偷偷制定作战计划吧，这么多人同时去厕所也太奇怪了。一之濑，你们在要什么把戏呢？"

"我……我们什么也……"

龙园怀疑B班数人的身体同时出现问题是故意设计的环节。

可面对质疑，自知清白的一之濑却无力反驳。

"老师，快点儿呀。"

龙园笑着看向茶柱。

"这一点正如龙园所言，真岛老师，开始第五场比赛吧。"


### 空手道

所需人数：三个人　　规定时间：十分钟

规则：每回合三分钟，点到为止，逐个上场，赢到最后者胜

司令官：可以重新开始任意一回合的比赛


"终于是我们D班的项目了，放马过来吧。"

龙园选择了铃木英俊、小田拓海、石崎大地三人。此外，司令官的介入设定也颇为精妙，万一哪一回合失败了，还可以选择重新开始。

另一方面，一之濑选择了墨田诚、渡边纪仁、米津春斗。这三人仅在项目公布后接受了短短一周的训练，连规则都只掌握了个大概，更别说上场对战了。

毫无疑问，B班连输两个回合，司令官再如何介入也无济于事。

第五回合的比赛很快就结束了。这下B班再无后路，若是输掉接下来的第六局，整场考核将以B班的败北告终。

"真有意思啊，一之濑。"

等待系统做出结果判定的时间里，龙园又对陷入沉默的一之濑开始了口头攻击。

"知道对手是D班的时候，你们应该觉得自己处于绝对的优势地位吧，没承想，现在是叫天天不应，叫地地不灵了。哈哈。"

其实并不是一之濑的作战计划出现了问题。如果情况一切正常，拿下化学测试那一战，现在B班应该是三胜两负领先。

可因为那场"变故"，事情突然陷入了不可挽回的境地。

万一下一场也没有选到B班的项目，那么B班就没有胜算了。

第六战抽选结果——

### 柔道

所需人数：一个人　　　比赛时间：四分钟（最多三回合十二分钟）

规则：遵从柔道标准规则

司令官：可以取消比赛结果，重新开始比赛

这个一对一的项目对B班来说无异于灭顶之灾。

一之濑的眼前第一次产生了逐渐失去光彩的感觉。

"哈哈，柔道，柔道，能碰上我们班里的柔道特长生，你们真是幸运呢，一之濑。"

"怎么会这样……"

"本来如果剩下的项目全部都是B班的被选中，你们说不定还有一线希望来着。"

龙园毫不迟疑，派出山田阿尔伯特。

司令官的介入设定也和上一场一样，是给几乎没有失败可能的D班上的最后一道保险。

"虽说对手是阿尔伯特，你们也别太担心了，胜负有时是看运气的，不上场怎么知道结果如何呢。"

可这次的结果实在过于明显了，正常人都知道，要想战胜无论是体格还是技术都要高出常人不知道多少倍的对手简直难于上青天。

这是唯一一个B班早早放弃了的项目。选择一名选手有三十秒钟的时间，但一之濑一个人也选不出来。时间无情流逝，计时器最终归零。

正常来说，超过时间还未做出选择时，按照规定将由系统随机抽选。不过，学校这次考虑到了交战双方的实力和项目本身的危险性。

"此项目B班不战而败，D班累计获得四场胜利，是本次特别考核的赢家。"

真岛公布最终结果，B班和D班的对决已经有了结果。


## 1

这件事要追溯到公布特别考核的那一天。

石崎追上了正要一个人去吃午饭的龙园。D班虽然暂时决定了让金田当这个司令官，但到了决定比赛项目的环节，大家面临的困难可想而知。

因为D班根本没有人能提出好的主意来。

翻来覆去说的都是那些普普通通的项目、规则和策略。意见想法千篇一律，毫无新意。

而选择那些司空见惯的项目风险太大了。

要是照这样下去，不管对手是谁，D班都没有胜算。

按照D班目前的想法，A班战斗力太高，避之不及，B班也是一样。

这样一来，与C班对决的选项摆在了众人的眼前。但这被石崎制止了。

"龙园大哥，可以耽误您一点儿时间吗？"

确认周围没有其他一年级学生，石崎怯怯懦懦地向龙园搭话。

"啊？"

光是被龙园盯上一眼都会让石崎感到胆战心惊。

但他还是战战兢兢地开口了。

"求求您了！请听我说几句话！！"

"你现在胆子倒挺大的。"

"没有，没有这回事……"

"哈哈，好啊，你说吧，反正现在你才是D班的老大。"

对于龙园来说，现在不过是在消磨时间罢了。自己打算退学，所以根本不在乎考核的输赢，有的是时间，大可以把当下的事情当作消遣。

石崎在前，两个人一前一后地走着。

就算被别人看到也只会以为是石崎把龙园叫出来说话。

他们就这样走出了校舍，来到一处无人的角落。这个时候，石崎居然给龙园跪下了。

"龙园大哥，这次的特别考核……请帮D班一把！"

龙园从一开始就知道石崎为什么要来找自己，但他依旧不动声色，俯视着跪在自己面前的石崎。

"石崎，你在说什么胡话，我已经退出了，你觉得我还会出手吗？”

“我……我明白。可是就我们班的实力来看，根本赢不过其他班啊！”

“这倒是。”

这一点龙园并不否认。

如果是比拼潜力的考核，那 D 班绝对会落后其他班一大截。

“把司令官交给金田来当，就算输了也不会有人退学……但是，这样一来 D 班的班级点数就所剩无几了！”

“万一来个七连败，那确实就不剩下什么了。”

D 班的班级点数现在还有三百一十八点，要是连输七场，就只剩下一百点了。这确实只是最坏的一种情况，可要是接下来还像现在这样束手无策，那么发生这种情况的可能性一点儿都不低。

“那就让我来当这个司令官？会有人答应吗？”

“这……”

要想让龙园退学确实可以让他当这个司令官，只要在考核中落败就可以了。

可为了赶走一个人而要让整个班付出惨痛代价的话，谁也不会乐意。

万一班级点数之后变成了零，D 班将完全失去升到 A 班的希望。

不仅如此，他们甚至会失去在这所学校平静生活下去的能力。

　　D 班的第一大目标是胜利，退而求其次的话就是以微弱的劣势输给对手，以及龙园的退学。

　　光是没了保护点数还好，但丢了夫人又折兵的结果是他们无论如何都想要避免的。

　　石崎不想让龙园退学，同时也希望 D 班可以获胜。

　　在 D 班里能做到这一点的别无他人，只有龙园。

　　"……该怎么办呢，我们还是应该选择 C 班吗？"

　　按理来说这是毋庸置疑的，可绫小路在 C 班。

　　作为知晓绫小路真正实力的极少数人之一，他无论如何都无法直接做出这个决定。

　　"干吗来问我？我说过我会帮你们吗？"

　　石崎其实也没有把握，这次来找龙园这件事本身也欠缺考虑，但他不打算站起来，已经做好准备跪到龙园离开的那一刻。

　　"C 班的凝聚力确实不高。绫小路是个怪物，可他再神通广大也管不了那么多人，你们在团体战中还有机会获胜的———一般人可能会这么想。"

　　"咦？"

　　本来已经丧失了希望的石崎没想到龙园真的会给出意见。

　　"如果我是司令官，我会避开 C 班。虽然不知道这次考核是如何分配对手的，但如果我们班有选择权的话，不要选 C 班。"

"可……可是，除了绫小路以外……"

"那有什么关系啊，所以说你是个笨蛋。"

"唔……"

"D 班是无能者的大本营，可就算这样也有着可以胜过旁人的长处。要想让这个长处发挥出最大的作用，C 班绝不是一个合适的对手，不，最佳选择只有一个。"

"是……是哪个班呢?!"

龙园连看都没有看一眼石崎。

"B 班。"

龙园说出了一个出人意料的答案。

"你们要想赢得这场考核，除了 B 班以外别无选择。"

可实际上，B 班是 D 班全体协商一致以后想要避开的对手。

"重要的是方法。"

龙园转身就要离开。

"请等一下! 我们要怎么……怎么才能胜过 B 班呢?!"

石崎抬起头，苦苦哀求龙园。

"龙园大哥! 龙园——大哥!"

然而，石崎的呼喊并没有让龙园停下离开的脚步。

## 2

作为"龙园事件"风波的"胜者"，石崎在 D 班内还是很有发言权的。

但现在，一切并非风平浪静。

本应该退学的龙园留下了，而因为一些小矛盾引发同学们不满，集中了一部分否决票的真锅退了学，自然有人对此感到奇怪。

第一个疑问就是，龙园那么多的赞赏票是从哪里来的。

是D班内部的人，还是其他班的人。D班对此有过许多猜测，可因为这是一场匿名的考核，没办法知道真实情况，所以全都不了了之。

这件事的幕后真相是一之濑和龙园做了一笔交易，用B班的赞赏票来换取龙园手上的个人点数。这件事没从B班走漏一点儿风声，只要一之濑一声令下，所有同学都会保守这个秘密，绝不对外声张。如果是无关紧要的事情可能还不好说，但这是关系到自己班上会不会产生退学者的大事，所有人都不遗余力配合一之濑的行动，D班不会知道真相。

然而，D班并非完全没有知情者。为了阻止龙园退学而在私下进行活动的石崎与伊吹，还有提供了帮助的椎名日和都知道此事。在D班陷入困境的时候，椎名发挥了非常大的作用。

石崎忠实地听从了在龙园那里得到的唯一建议——选择B班作为对手。他和金田秘密商议，最终如愿以偿地选择了 B 班。

但问题并没有就此得到解决。

没有一个强大领导者的 D 班要是和 B 班硬碰硬，获胜的概率还是微乎其微，椎名深知这一点。必须赶紧行动起来了，每推迟一次都会让 D 班距离失败更近一步。也就是在确定了比赛对手的那一天，椎名终于展开了行动。

"烦死了，到底该怎么办……"

在卡拉 OK 的一个包间里，石崎正抱头苦恼着。

"不知道，话说回来，为什么又叫我来？而且，我们这几个人聚在一起是什么意思？"

伊吹瞅了石崎一眼，接着又将相同的视线移向坐在旁边的椎名。

"我不是之前就说了嘛，石崎同学等好朋友们会来这儿。"

听着椎名一本正经的回答，本来还有些愤怒的伊吹泄了气。

"啊……头疼死了。"

"最了解现状的三个人聚在一起，应该能想出一些解决办法来的吧，俗话说得好，三个臭皮匠顶个诸葛亮。"

"什么朱古力？那个是什么意思啊？"

"石崎你是不是故意的。"

"疼！你个混蛋，伊吹，别揪我手背上的肉！"

"热热闹闹的真好呀，还好选在了卡拉 OK。"

看着这两个人打打闹闹，椎名双手合十，感到非常开心。

"这个阵容也讨论不成吧，我走了。"

"啊，这可不行，我还叫了龙园同学来呢。"

"咦！"

石崎和伊吹几乎异口同声地惊呼道。

"这次的特别考核要想获胜，龙园同学的存在不可或缺。我们所有人都想避开 B 班，只有他将选择 B 班作为对手视为唯一的获胜希望。"

椎名说出了一个爆炸性的消息，就是她本人好像不太清楚其中的冲击力。

"你说什么？"

"嗯？我是说，选择 B 班作为对手是我们唯一的获胜希望……"

"不是这个，你说待会儿谁会来？"

"龙园同学。"

伊吹和石崎两个人面面相觑。

"真的？龙园大哥要来这里？"

"嗯，我拜托他了。"

"感觉这个地方要给我留下阴影了……你告诉他我

们也在这儿了吗?"

"当然传达了。"

"他知道我们在这儿的话还会来吗?"

石崎上次请求龙园帮忙的时候就已经遭到了拒绝,所以才会这么想。

"那我问一下,你和他约的是几点?"

"四点半。"

"什么?"

伊吹看向悬挂在包间里的时钟,已经五点过五分了。

"看样子他迟了一会儿呢。"

"都过了半个多小时了好吗?这已经不是迟到了,他根本就没打算来!"

"你先喝口哈密瓜汽水冷静冷静,我们慢慢等吧。"

伊吹无视掉了椎名递过来的汽水。

"我可不陪你们等……"

伊吹起身就要走,但被石崎制止了。

"我要等,龙园大哥肯定会来的……大概。"

"你是傻子吗?他根本没有义务遵守约定。"

迟到了这么长时间也印证了他根本不会来的事实。伊吹不愿再牵涉其中,坚持离开。

可这时,一只细嫩白皙的手握住了伊吹的手腕。

"再等等吧。龙园同学说不定会遵守约定呢?"

"……你很了解他吗?"

"我什么也不知道，事实上，我都没有和他好好说过几次话。"

"那为什么还要等？"

"凭感觉。"

"一点儿根据都没有，你可真是天真。"

椎名微笑着，没有反驳。看着她天真烂漫的笑容，伊吹也不好再坚持离开。

"而且，这样和大家一起玩玩多开心啊，不是吗？"

"……你可真傻啊。"

伊吹坐了下来，一脸的无奈。

"要是再过一会儿他还不来，那我就真的走了。"

"嗯。"

## 3

"我等不了了！"

伊吹一忍再忍，现在已经是晚上八点。

这完全就是被放了鸽子。伊吹火冒三丈。

"哎呀，你不是也唱了十首歌了嘛。"

"伊吹同学的极限还早着呢。"

"这已经是在挑战我的极限了！"

"那就突破极限吧！"

"开什么玩笑！"

"又是这副怒气冲冲的样子……老是生气，你不累吗?"

"看着你这张脸我更累。"

伊吹甩开石崎,往门口走去。刚要伸手,没想到门自动开了。

"什么啊,你们这群家伙,真以为我会来,就一直在这儿等着?"

一个男生笑着走了进来,是龙园。

见到龙园,石崎和伊吹完全愣住了,他们心里其实早就丧失了希望。

"你迟到了呢,龙园同学。"

"但你们看起来玩得还挺开心的。"

"嗯嗯,我还是第一次来唱卡拉OK,特别开心。"

"那我还是走吧,好好玩哦,伊吹。"

说着他就要关门离开,伊吹自然不能容忍这样的事情发生。

"再让我留在这个地狱里,我就一脚把你踹飞。"

"哈哈,好可怕。"

龙园被伊吹拉了进来,随后他叫石崎给自己点了一杯汽水。

他弯腰坐下,摆弄手机,一句话都不说。

"……所以?"

伊吹催促着龙园,不想再耽误时间。

"什么所以?"

"你让我们在这里等了这么久，难道什么都不打算说吗?"

"我不过是想来看看你们空等了我这么久还在不在。"

汽水很快就送到了，龙园尝了一口。

"仅此而已。"

"我们可是配合椎名在这儿等了好几个小时，你故意的吧。"

"与我无关。"

"怎么没有关系!"

伊吹重重地拍了下桌子，眼睛瞪向龙园。

"喂，冷静一下，伊吹，不要顶撞龙园大哥。"

"你还要当这个跟屁虫到什么时候啊。"

"什么时候……我……我早就下定决心要一直追随龙园大哥。"

"话说得真好听，明明一开始那么讨厌他。"

"那是……你闭嘴!"

椎名似乎一点儿也不在意旁边两个人的打闹，又点了一首新曲子。

"这个傻瓜就是因为听信了你的话，才害得我们班把好不容易得到的选择权用在了 B 班身上!"

"好像是这么一回事。"

石崎缩着肩膀不敢多说话，如果按照班级整体的想法，本应该是选择 C 班的。因为那是唯一一个在他们看来有希望打败的对手了。

虽然石崎听从龙园的建议改成了 B 班，但他完全不知道怎么做才能赢。

"这家伙把你的话当圣旨一样，所以你也有一定责任。"

"哈哈，那就没办法啦，我也有说错话的时候。"

龙园笑着说道。

"还记得我在刚入学的时候对 B 班做的事情吗？"

"……我记得是让他们内部产生分歧吧？"

在龙园的指示下找 B 班的茬，从而诱发他们内部的矛盾。

这是龙园为搞清楚各班实力而设下的圈套。

也是须藤打架事件，以及秘密接触葛城时期发生的事情之一。

"结果怎么样？"

"没效果，B 班一早就凝结成了一个整体。"

"没错，他们的凝聚力与向心力远高于其他班级。"

"所以在这种综合性比赛的时候，我们更应该避开他们不是吗？"

"我也这么觉得，B 班的领导者一之濑，还有她周围的那几个人，都不好对付。"

伊吹和石崎基本上代表了 D 班的整体看法。

"椎名，你是怎么看待 B 班的？"

"嗯……正如二位所言，B 班确实很强大，他们在所有事情上的能力都超出了平均水平。最让人羡慕的就是他们内部关系非常好，可……好像也仅此而已了，并没有什么特别的威胁，就是一个和睦的班集体。"

"椎名，看你笑眯眯的样子，说的话可真不留情啊。"

听完大家的意见，龙园说出了自己对 B 班的看法。

"在我看来，B 班最大的弱点就是一之濑……不，是缺少一个领导者。"

"等等，你在说什么啊，一之濑不就是 B 班的领导者嘛。"

"无论是一之濑还是神崎，本质上都不适合当这个领导者，而应该是进行辅佐的参谋。与他们相比，铃音和葛城更能带动班级的良好运转，所以我们 D 班依旧留有胜利的机会。"

"可我们班还是一盘散沙，不是吗？在所有方面都没有达到平均线，B 班可以说是我们 D 班当下最不想遇到的对手。"

"不管对手是谁，我们班获胜的概率都不怎么大吧。"

"……我们班的水平这么差吗？"

与愕然失色的石崎相反，龙园还有椎名都没有改变对自己班的评价。

"但是……"

龙园拿起已经喝空了的玻璃杯，隔着透明的玻璃看向伊吹等人。

"只要下点儿功夫，就可以将原本一成不到的胜算提高到五成，运气好的话甚至可以更高。"

龙园将一张折起来的纸交给椎名。

打开一看，上面写好了十个项目的名字，并把五个正式的比赛项目标记了出来。

伊吹和石崎一左一右看着这张纸。

"当天就将这些作为比赛项目。"

"等等，这些都是……"

"没错，这些全部都是考验力量的项目。"

空手道、柔道、跆拳道、剑道、摔跤等十个需要用肉体进行搏斗的项目。

"等一下，我们班确实有几个人打架比较厉害，我、阿尔伯特、小宫、近藤，还有伊吹……但其他人就不行了吧？"

石崎认为即使他们能赢下其中的一两局，在其他项目上也根本无力回天。

"就是啊，B 班也有不少擅长运动的学生，可以全部一对一的话还好，可现在每个项目的参赛人数都必须不一样吧？"

全靠运气的话，谁也没办法保证能取得全部项目的胜利。

"所以呢？"

"咦?"

"不需要过分在意参赛人数,那都没有用。"

石崎一时没能理解龙园的意思,倒是椎名一早注意到了他的真正意图。

"原来如此,话要看怎么说,事情要看怎么想。在这场考核中,不管是几人对几人的项目,都会受到规则左右,如果规定赢到最后的人获胜的话,我们派出的选手里只要有一个人足够厉害就可以了。"

"没错,就算是十个人对阵十个人的柔道项目,有阿尔伯特一个人足矣。"

"但……学校会通过这条规则吗?"

"知识测试和球类比赛一般不会采用这种规则,但在空手道和柔道这些竞技体育中是很常见的,并不是什么过分的规定。同时,为了防止学校考虑到项目的危险性而不通过,我们需要在空手道等项目规则中再加入'点到为止'的规定,这样一来就不会有问题了。就算有一两个项目没有通过学校的审查,只要能填上那五个项目的坑就可以了。"

"可以的,这样肯定可以的,龙园大哥!"

石崎看到了希望。

"这样的话,我们或许可以赢下我们班选择的全部项目……可要是当天 B 班的运气更好,抽选出来的大都是 B 班的项目怎么办?"

"获胜概率提高到了百分之五十，还不满意吗？"

"……有你的帮助，我更想获得百分之百的胜利。"

"哈哈，当然还需要做点其他事情。"

现在的 D 班是没有办法完全凭实力在 B 班选择的项目上赢过他们的。

所以龙园表示要在其他方面进行补足，缩短和 B 班的差距。

"你要我们做什么？"

伊吹终于开始理解眼前的事态了。

"为了赢而不择手段。"

龙园笑着回答。

"从今天开始到正式考核前一天，不断纠缠 B 班的学生，最开始只需要跟在他们身后就可以了，对方也会很快注意到自己受到了跟踪。"

"什么意思？是要给他们施加压力吗？"

"因为没有造成实际伤害，B 班的学生肯定以为这不过是小孩子的把戏，选择放任不管，一之濑就是这种人，所以到头来她也意识不到我的真正目的。"

"……目的？"

"总而言之，第一周就这么做，等每个班选出的十个比赛项目公开后再开始正式行动。一些小的事情就可以，比如抢座位、眼神挑衅、大声吵嚷等等都可以，反正就是不断纠缠他们。知道要派哪些家伙吧？"

也就是要派石崎等擅长找事打架的学生。

"所以……在必要的时候就动拳头?"

"不过是加强对 B 班的骚扰而已,在这个阶段,万万不可以进行威胁或者动手打人,这一招不到万不得已不能用。"

不能造成实质性伤害,D 班的行动要尽可能抽象并且暧昧。

如果做得太过分,惹出事端来,保不准校方会介入。

"另外,这次考核的关键之一是信息的搜集。我们要通过无数次的纠缠骚扰从 B 班学生那里盗取信息,早一步知晓他们会在考核当天将哪几个项目作为最终选择。他们班级内部到时候肯定统一好了意见,通过邮件或者聊天软件进行讨论,你们不也是吗?"

"是……是的,我们也计划找一个合适的时间讨论应该选择哪十个项目。"

"嗯,他们的口风再紧,对手机信息的泄露也会疏于防范。而且越是接近考核的日子,他们的方针内容也就越详细,具体都有哪些人出战哪一个项目等信息我们说不定都可以弄到手。"

"说起来倒是容易……这实际上容易推进吗?"

"当然不能看运气,我们有必要将事情向我们希望的方向引导。从明天开始就要死死缠住他们,为之后的信息搜集做好准备,除此以外,我们还要采取一些非常手段，比如说，这个。"

"这是什么啊……泻药？"

"这是慢效泻药，服下四十八小时以后开始生效。让B班几个人吃下它，当天就会有人出现症状。"

"你……你这是违规的吧，要是被发现了怎么办！"

"那又怎样？"

"我……"

"你觉得我是会担心这种问题的人吗？"

"确实呢，为了赢你什么都做得出来。"

"如果出了问题，到时候我会承担所有责任，很简单吧。"

不管学校对个人进行怎样的处罚，对龙园来说都无所谓。

学校要追究班级责任的话，那结果也和彻底输了考核差不多。

"只有本就对退学无所畏惧的你能做到这一步……"

"刚刚说打架这一招我们要留到最后，但情况紧急的时候也是可以硬干的吧？"

"嗯，从小口角发展为矛盾冲突，是我们班信手拈来的事情，让我们这边的无用之人解决掉他们班要派出场的王牌人物，我们当天不就可以占据优势？"

既然决定要做，龙园就绝不会手软。

"当天由我担任司令官，让一之濑丧失冷静也是一件重要的事情。"

"真是一个魔鬼啊……你。"

"就当你是在夸我了。让他们见识见识我们 D 班的厉害，如何？"

"是……是！"

"是什么是啊。"

伊吹叹了口气，事情在向一个疯狂的方向发展。

可是，自己竟然并不讨厌这种感觉。她对自己产生了一阵厌恶。

"但是……龙园大哥您为什么同意帮我们了？不单单是因为同情我们吧？"

"就是啊，为什么呢？"

龙园靠在沙发上，闭上了双眼。自己对这所学校已经没什么留恋了，他最初是这么以为的，可到了现在，自己的想法好像发生了改变。

绫小路清隆。龙园不愿意就这样败给这个人，带着遗憾离开这所学校。他要当司令官，让自己没有退路可走，从而确认自己是否真的想和绫小路再战一回。如果确认了没有留恋，那么到时候随便选几个人上场，输了然后退学就是了。

但要是……真的冒出了再战的念头，那就努力让自己留下来。

龙园想要知道结果。

# 胜者与败者的分割线

第六战，顺利选到了我们班上的项目，二对二——弓道。

我们在明人的努力下获得了该项目的胜利，场上变成了三胜三负的平局。

坂柳并没有太大的反应，她似乎放弃了对这项比赛进行干预，就好像三胜三负是她期待看到的局面。

接下来终于到了第七场比赛。

就像是命中注定的一样，第七战——

### 国际象棋

所需人数：一人　　规定时间：一小时（定胜负）

规则：遵从国际象棋标准规则，规定时间不可延长

司令官：可从任意时间点开始占用规定时间给出指示，最多使用规定时间的三十分钟

比赛采用的并非费舍尔规则一样的加秒制，这应该是为了防止比赛时间过长而采取的措施。一般的国际象棋比赛持续两个小时以上也是常事，规则对比赛时间进行限制，也是为了避免这一情况的发生。

"三胜三负，终于要到最后的第七战了，这也太让我开心了吧，而且居然选到了这个项目……果然留到最后的都是最好的。"

坂柳对该项目进行这样的设计，目的就是在胜负关头介入，向自己班的选手发送指令，夺取胜利。

如此看来，恐怕双方介入的时间点并不会相差很远。

而且比赛只有一个小时，司令官的介入时长更是只有短短的三十分钟，半吊子水平的人在这么短的时间内是赢不了坂柳的。

"你们A班是不是失算了？居然被我们追到了第七局。"

"是啊，必须承认我们班在运动方面不如你们班。"

回顾前面的六场比赛，坂柳评价道。

"但第七场就不一样了，司令官的实力至关重要。"

"真不凑巧，国际象棋是我的强项。"

接下来坂上老师和星之宫老师都会观战，还是提前给他们打上一剂预防针，免得他们太过惊讶吧。

"那……真是撞到枪眼上了，我是不是判断失误了呢。"

战争开始的第一步就是派出预先确定好的选手。

我在还未出场过的学生当中选择了堀北铃音。

而坂柳选择的是——桥本正义。

"果然是堀北同学，迟迟不让那么优秀的人上场，原来是要留到最后呀。"

"毕竟已经没有保留的必要了。"

指令下达各班，开始进行赛前准备。

"你们二位需要喝点儿水补充水分吗？"

星之宫老师向我们表示了关心，从考核开始到现在我和坂柳没有进行任何休息。

"谢谢您的关心，不必担心。"

"我也不需要。"

"是吗？那就好……"

可能是不太适应这种焦灼的气氛，星之宫老师叹了口气，显得有些拘谨。

"看来你们都已经准备好了，那么，第七场国际象棋比赛即将开始。"

听到坂上老师的指令，我们中止了闲聊。

对决的战场设置在了大教室，棋盘就摆放在室内一角。

"请多关照。"

坂柳和桥本互相点头致意。

终于，要打响最后一战了。

## 1

棋盘就摆在我的面前。一周前，我甚至连它的规则都不明白。

今天我才第一次真正摸到了棋子。

通过和绫小路的线上训练，我慢慢感受到了国际象棋中的深意和趣味。

如果对手是他或者坂柳的话，我绝没有获胜的可能，但现在坐在我对面的并不是他们。

当然，我也不知道眼前的桥本实力如何。

唯一可以肯定的是，他的实力肯定不如那两个人。

"你好啊，堀北。"

这是来自对手的热情问候。

据说他是 A 班里一个不容小觑的人物。

"你的表情好恐怖啊，为何不享受这场比赛？"

"一年来从始至终都是 A 班的你们不会明白的，对于我们 C 班来说，这一战至关重要。"

"输了要付出班级点数的代价，我们班也是一样的。"

赢得这场对决的班级将获得一百三十点的班级点数。

能不能赢下这些点数，给一年画上一个句号，将由这一场比赛决定。

"话说你知道我叫什么吗？"

"我们确实没有说过话，但……你是桥本吧？"

"真是我的荣幸，C 班的堀北在年级里可是很有名的，无人岛考核时，是你让龙园惊讶不已，那个时候我第一次知道了你的名字。"

当时我什么都没有做，一切都是在绫小路的幕后战略指导下进行的。

不对……或许对绫小路来说那根本算不上是什么战略。

"我才学了几个月的国际象棋，麻烦你高抬贵手？"

"不好意思，我才学了一星期。"

"是吗？"

战斗已经开始了。

打听学习下棋的时长也有可能是试探对方的手段，双方说的话并不一定全为真，大家互相牵制，攻击对方精神上的弱点。

这场考核对于选手之间的交流是没有什么限制的。

唯一的例外就是在学科测试中，这样自由说话可能会泄露答案的比赛。身为司令官的绫小路和坂柳，恐怕就在反复进行着这样的唇枪舌剑。

在经历了三胜三负后，我们终于迎来了最后的第七战。

我们 C 班之所以能够坚持到最后，多亏了平田的回归、须藤的成熟，以及 C 班大家的团结一致。

只有高圆寺一事不太完美，日后还需好好反思。

绝不能让大家为这场考核所做的努力白费。

　　我想起了绫小路今早考核开始前对我说的那句，听起来非常狂妄自大的话。

　　"不管对手是谁，我闭着眼睛都能打败他。"

　　当时我还在想他是不是太自负了，可现在想来却给了我一种莫名的安心感。

　　只要桥本不及他厉害，我就有机会获胜。

　　不知道为什么，我不觉得会失败。

　　从比赛开始前，我就一直觉得自己可以赢。

　　"接下来开始第七场，国际象棋的对决，二位请落座。"

　　听从老师的指令，我坐到了自己的座位上。

　　面前的桥本还保持着笑容，可眼中已经没有了笑意。

　　这场对决的结果将直接关系到班级的胜负。

　　他不可能没有压力。

　　"那就开始吧。"

　　说着，桥本拿起了黑白两色的步兵。

　　"你懂怎么决定谁先走吧？"

　　"嗯。"

　　确认完毕，桥本先将两手藏起，再握拳伸出。

　　"左手。"

我回答道。桥本张开的手掌里躺着是一枚白子。

这意味着我将执白棋走第一步棋。

"期待你的第一步棋。"

"就是不知道和你预想的是不是一样的。"

我拿起白子。第一次触碰棋子，指尖传来一股寒意。

由我和桥本展开的第七场对决正式开始了。

我的第一步是——兵走 E4。

这才刚开始，桥本脸上的笑容一度有些暗淡。

黑子出动，兵走 E5。

我立即出动骑士，目标是黑子步兵。

在和绫小路无数次的模拟比赛里，这是我最信任的走法。

可以根据敌人的回应掌握其接下来的动向。

"坂柳教会了我很多东西，我可不能一开局就让黑子就陷入不利境地哦。"

从第一步开始，双方都没有过长的思考，持续向前推进比赛。

限制时间是一小时。绫小路需要用到三十分钟，所以我实际也只有三十分钟。

没有多余的时间让我浪费。

从比赛开始到现在我明白了一件事，桥本并非防守型选手，得到了坂柳专业指导的他，打法不同寻常，每一步都带着攻击性。

"很特别的打法吧?"

"嗯,从你的师父那里学到的吗?"

"是的,坂柳和我一起,教的时候两个人是最合得来的时候不是吗?你的打法倒和我不太一样,踏踏实实……是自学的吗?"

他在试探我,不知道是想从我这里得到什么信息。

"这一周我的全部精力都放在了这上面,其他事都放到了一边。"

"所以……你们确信会选到国际象棋吗?"

"你要这么想也可以。"

棋盘上棋子的位置变化令人眼花缭乱,表面上看,我似乎被他压制住,处于被动的地位。然而实际上,我的棋子正在向前侵蚀着他的战略部署。

"你真的只学了一周?"

"发现你还挺爱说话的。"

"我只有这一点长处。"

比赛规则里并没有限制选手之间的交流。

所以我无权阻止他。

"是的,我只学了一周。但也不排除这是谎言的可能性。"

"如果你真的只学了一周的话,那可不像是自学的,只可能是接受了来自别人的训练,而且还是国际象棋高手,就像我们班大小姐一样厉害的人。"

"是吗？那也说不准。"

我一点儿信息也不打算透露给他。

"哎，随便啦，不过我可以问问绫小路的事情吗？"

随便？恐怕他从一开始就并不在意学习时长与方法，那不过是聊天的切入点而已，他的真正目的是绫小路。

看样子，连桥本都已经开始注意绫小路了。

"你想问什么？"

"我在想，是不是从无人岛考核开始，就是绫小路在背后活动呢。"

他要动摇我的精神。

坂柳之所以会让桥本上场，应该也有这方面的打算。

"为什么会这么想？"

"直觉罢了，回答我，堀北。"

"我没办法回答——我都不知道你在说什么。"

"是吗？在我看来你有些不安。"

"从知道要和你对战的时候，我就预想过你会使用一些手段，让我无法专心下棋。"

"是吗？"

"但不管你说什么，我都不会受到影响。"

我移动白色主教将桥本一军。

桥本的笑容再度消失。

"你还有心情说别的吗?"

防守了这么久，我的反击要开始了。

"有意思……"

注意观察就会发现，现在场上局势对我更为有利。

他绝非不堪一击的对手，但他的每一步棋都在我的意料之中。

比赛才刚刚开始不到十分钟，他置棋的手停住了。

这是他第一次长时间的思考。刚刚颇为放松，时不时还能看我一眼的状态已经消失不见了。

"你还真厉害啊，堀北，长得那么可爱，下棋也有一手。"

"我也没想到你这么擅长下棋。"

"这些多余的话就不要说了，真是人外有人天外有天呢。"

如果按照现在的局势推进，获胜的人将会是我。

桥本不可能没有察觉。

但是——这场比赛没有这么简单。

## 2

显示屏上显示出两个人的对决。

桥本的反复进攻每次都被堀北冷静化解，转危为安。

堀北踏实推进着比赛，使自己占据优势地位。

对决接近中盘，堀北有了胜利的希望。

没错，目前的情况对堀北更有利，她发挥出了比练习时更强的实力。

"真是一场精彩的对决呢，让人不忍转移视线。"

坂柳不见慌乱，如同场外的看客。

"赞成，那我们就这样一直观战吧。"

"哈哈，是啊……可情况不太允许啊。我不是不信任桥本同学的能力，你看堀北同学那沉着冷静的姿态，桥本引以为傲的话术似乎并没有起什么作用呢。"

坂柳要上场了。电脑上显示出她作为司令官的介入。

她很清楚，如果桥本持续受到牵制，那么 A 班的落败也就板上钉钉了。

可能她一开始也没想到，比赛还没有进行到中盘，自己就要介入了。

不过，坂柳的判断是正确的，再等下去，一切将无法挽回。

堀北当下有一股异常强大的压迫感。

但我暂时还不打算做什么，我想再看看情况，想要看到堀北的成长。

面对坂柳，堀北会如何表现。

"绫小路同学，你不介入吗？"

"与其我贸然介入，倒不如就交给堀北，说不定获胜概率还大一点儿。"

"原来如此，那我就不客气了？"

坂柳迅速开始行动，她操作着键盘，很快，刚刚还在踌躇中的桥本如鱼得水般活跃起来。

司令官有三十分钟的时间，按下回车键则停止计时，信息传达到选手那里的时间差不算进这个时间里，会在对手落完子后再度开始计时。

堀北对战坂柳。我多么希望她们两个人的实力可以不相上下，这样的话，堀北还有希望保持优势，说不定能一举夺魁。可事情不会这么顺利，在绝对的高手——坂柳加入后，第一步棋就出人意料，让堀北感受到了压力。

堀北知道，自己的对手已经变成了一个拥有更高实力的强者。她思考着对方的目的，然后利用之前省出来的时间想好每一步棋，进行回击。

"时间可能有点儿不够用了哦。"

堀北每下一步棋，坂柳连五秒钟的思考都不需要，就可以再打回去。

很快，坂柳一招致命，堀北本来的优势局面被扭转。

堀北陷入了僵局，并且马上就要落后了。她停了下来，感受到了与实力相差悬殊的对手对战时的绝望，看到了被对手追上、即将被逼入绝境的自己。

两分钟，三分钟，堀北已经动弹不得。

这就是分割线，区分胜者与败者的绝对分割线。

我发送介入的信号，从备受压制的堀北那里接过接力棒。

指令通过耳机传到堀北那里。

她抬头看了一眼摄像头，点了点头，将接下来的事情全部交予我。

接下来，坂柳的对手不再是堀北。

这将会是我和坂柳，一对一的厮杀。

"终于……到了我们的一决胜负的时候了呢。"

"看样子是的。"

虽然司令官的时间只有三十分钟，看现在的情况，这时间绝对够我们打到最后。

我和坂柳的对话还在继续，操作键盘的手也不曾停下。

双方每下一步棋大概花费十秒到二十秒。按下回车键发送指令，计时立刻停止。

看场上现在的局势，可想而知接下来会是怎样的激烈场面。

没有一点儿拖泥带水，黑白棋子在棋盘上纵横飞驰。

"哇，你们这是下的什么棋啊，超乎想象……"

这是显示屏那端、按照指示移动棋子的桥本发出的感叹。

"我们刚刚的打法简直就是小儿科。"

"……是啊。"

外行与专家之间的差距不言而喻，两个人会这样想也是自然。场上的对战在他们看来难分伯仲。

不对……比起这个……和坂柳的正式对弈刚一开始，我就被迫认识到了一件事。

对方的实力确实不可小觑，即使放在专业的赛场上也可以力压一片职业选手，闻名天下。我倒吸了一口气。

我小时候曾在白房子里接受过国际象棋的训练，与无数专业棋手对弈，无一落败。

"怎么样，绫小路同学，你感受到我的实力了吗？"

"嗯，领教到了。"

中盘过去，进入比赛后半段。

别说超过坂柳拉开双方差距了，光是防守就已经让人筋疲力尽。

只要犯一个失误，我将死无葬身之地。

"我很为自己担心呢，毕竟绫小路同学是绝不会犯低级错误的人。"

"你认输也行。"

"那可不行。如果你没有失误，那我就只好拼尽全力，正面突破了。"

堀北和桥本也不再言语，代替我和坂柳移动着棋子，如同两个机器人。

对决还在不断推进……突然，坂柳停住了。

按照一般的国际象棋下法，坂柳接下来的那步棋是很好预测到的。

可是——坂柳陷入了漫长的思考。

这与一直以来的快节奏作战形成落差，让桥本慌了神。

虽然没有说话，但他估计也察觉到了坂柳目前正处于瓶颈阶段。

几分钟的沉默过后，坂柳打出了一步棋。

这是经过深思熟虑后的结果，果然非同一般。

我并没有失误，也没有给她什么可乘之机。

可这次……

轮到我犹豫了。

"啊，实在是太开心了，别人做何感想已经无所谓了，我要把这场比赛作为人生中最快乐的时光永远铭记。"

不知道星之宫老师和坂上老师对国际象棋了解多少，但在场的他们应该也切实感受到了对决的激烈吧。

一分钟，两分钟，时间流逝着，不给人喘息的机会。

我原本充裕的时间变得紧张起来。

"你在……你在做什么啊，绫小路同学？"

显示屏那头传来了堀北的声音，她一直在静静等待我的指令。

"只有不到五分钟的时间了！"

我当然知道。

这场比赛凝聚了四个人的思绪，现在已经变得无比复杂。

原本处于绝对优势的我们也已经被对方追赶上了。

我接下来的走向决定着我们的生死，必须考虑再三。

"你的实力应该不止于此吧，绫小路同学，请全部发挥出来。"

比起获胜，坂柳更希望的是看到我的全部实力。

她想要的是比赛带来的快感，至于考核的胜负，都是浮云。

时间只剩下三分钟了。

我将提前想好的策略全部清空，重新搭建通往胜利的道路。

就在时间只剩下两分钟的时候……

我叩响键盘，再次向堀北发送指令。

堀北早就严阵以待，她迅速移动棋子。

又是一步强有力的回击，压力再次来到了桥本这边。

和之前顺畅的推进不同，坂柳每下一步棋的思考时间也有所增加。

最初是三十秒，下一步也是三十秒，等再下一步就变成了一分钟。

反过来，我只需一两秒就可以决定好下一步棋落在哪里。

胜利在望，坂柳已经没有太多回旋的余地。

马上就是终盘战，再走几步就可以分出胜负。

下一步，将军。

对方倒也还有逃脱的可能，但机会渺茫，已经穷途末路了。

"完美……"

坂柳忍不住称赞。

一分钟，两分钟，三分钟，坂柳第二次的长时间思考。

珍贵的时间正在一分一秒地流逝。

刚刚还会和我说上两句话的坂柳已经一言不发了。

"喂喂！"

桥本忍不住叫了出来，剩余时间减少至两分钟，已经比我还少了。

如果用完了这三十分钟，那剩下的就只能交给桥本，也就相当于直接放弃。

"坂柳！我们就要输了！"

桥本不知如何是好。

时间只剩下一分钟了。

"真的是一场精彩绝伦的比赛，绫小路同学，你充分满足了我的期待。"

在这最后关头，坂柳再次对我表达了称赞之意。

"你让我第一次有了冒冷汗的感觉，你果然是个强大的敌人。"

坂柳没有停下，接着说道：

"……结束了。"

这是坂柳的低语，是她对比赛结局的判定。

但桥本那边是听不到坂柳声音的。

司令官也没有擅自结束比赛的权利。

只能等到司令官介入时间截止，桥本一个人在场上孤身作战时再认输。

当然，桥本同样可以选择坚持到最后一刻。

可无论如何，在坂柳承认败北的时候，这场战斗就已经结束了。

"这是一场愉快的对决，让它就这么画上句号的话着实有点可惜……"

时间只剩下四十秒。

坂柳的话语中不见慌乱，同时响起的还有她叩击键盘的声音。

原来那句话并非认输的意思。

而是她在想出决胜一击后对敌人命运的宣判！

"……我等你很久了……我的大小姐！"

来自桥本，不对，是他身后坂柳的、足以让 A 班起死回生的一步。棋盘上，本已经濒临死亡的黑棋又再度恢复了生机。

我感觉自己好像被电流击中，动弹不得。

第二步，第三步，局面越来越不受控制。

接着——待我回过神来时，我们已经被逼入了绝境。

战局正朝着坂柳所期待的方向发展。

又到了我方生死攸关的时刻。

时间只剩下一分三十秒了，现在的我正处于一个前所未有的窘境之中。

执棋的堀北肯定也感受到了当下的不利状况。

刚刚还近在眼前的胜利逐渐远去的那种感觉，堀北深有体会。

时间只剩下一分钟。

"绫小路同学……"

堀北没有抬头。

"我不想输。"

她诉说着自己的心情。

"我……"

要将她的信念传达于我。

"我……不认输……我想要赢……"

来自她心底的呼喊。

"我到现在还在拼命思考获胜的方法……方法……方法。"

这是堀北不同于常态的，被感性所支配的挣扎。

"但能够打败坂柳的下一步棋，我怎么也想不出来……能够做到这一点的，只有你！"

我闭上了眼睛。

还剩下最后数十秒钟。

最后的最后的最后的最后。

其实考虑到比赛之后的进程，在时间只剩下三十秒的时候，失败的局面就已经无法挽回了。

能够确保获胜的路线已经无迹可寻，只能最后再赌一把。

我在键盘上快速输入指令，按下回车键，将信息传达给堀北。倒计时即刻停止计时。

堀北还在等待着奇迹，等待着来自我的消息。

我发送完指令，大约三十秒后，堀北睁开了双眼。

她终于通过耳机接收到了我的指示。

我看了坂上老师和星之宫老师一眼。

两个人一直关注着战局，死死盯着显示屏。

"还来呀……绫小路。"

桥本看向镜头，他的表情很复杂，似笑非笑。

堀北按照指示移动棋子。

坂柳的时间开始倒计时。

"真不错，绫小路同学。"

坂柳再次向我表达了她的敬意。

"我还从来没有跟你这么复杂而强劲的敌人对战过，能够与我匹敌，甚至时而压制住我。"

大概是预测到了最终的结果，坂柳如此说道。

"绫小路同学你这一步确实不错，无疑已经达到了常人无法跨越的境界。"

坂柳无限感慨，声音带着些许的颤动。

"但是……"

教室里回荡着她的声音。

"自此，我的胜利将无人再可撼动。"

她输入指令，等待中的桥本立即行动。

我也再次应战，指示堀北操纵棋子，对决接近尾声。

房间里只剩下了棋子移动的声音。

还有五……四……三……

弃后，将军。

坂柳不惜牺牲掉最强的棋子——皇后，也要使出的一招终极杀手锏。

在这千钧一发之际，她做出了这样的选择。这一步风险极高，不成功便成仁。

堀北停下了。

对耳机里能再次传来我的指示抱着微弱的希望，但那也是一瞬间的事情。

她心里应该很清楚，在这一次过后，我们已经没有任何翻盘的余地了。

胜负已分。

"绫小路同学……"

堀北心中的执念还是让她无法就此放弃。

"回答我，绫小路……已经……没有任何办法了吗？"

我的双手离开了操作台。

"绫小路同学！"

　　堀北比谁都盼望着能够战胜 A 班。她以为有我在或许就有获胜的可能，于是将全部希望寄予在了我身上。

　　事实上，她能够在第七场的战斗中，在我没有插手的情况下牵制住难缠的桥本，使自己处于优势地位，已经非常了不起了。

　　堀北没有走错任何一步。

　　一切不过是对方技高一筹罢了。

　　司令官的时间变成了零，我和她之间的联系被切断。

　　"……输了。"

　　堀北低头认输。

　　"谢谢。"

　　桥本同样低头回应。

　　"……到此为止。"

　　坂上老师宣布第七个项目的比赛告一段落。

　　"本项目 A 班胜，因此 A 班以四胜三负的成绩获得了本次特别考核的胜利，C 班同样展示出了傲人的风采。"

　　最后一场国际象棋比赛结束了，我必须想想该如何和班里的同学交代，一定会有人认为是我的干预导致了最终的败北，谴责我为什么不将一切交给堀北。

"非常厉害的一场对决……可以这么说吧？总之C班也已经尽力了。"

星之宫老师这样安慰我，和她平时给人的感觉一样。

"不行你就在我怀里哭一会儿吧。"

"星之宫老师。"

听到她出格的言语，坂上老师明显生气了，直接叫了她的名字。

"开个玩笑，玩笑。"

星之宫吓得肩膀一哆嗦，连忙向坂上老师解释。

"不过绫小路，你比我想的要聪明得多呢。珠心算时可以算对难度极高的最后一题，国际象棋里能和坂柳同学博弈，知识测试的时候还能引导选手做对高分题，啊，还有你跑得也特别快……"

说到这儿，星之宫老师陷入了短暂的思考。

"难道说你一直在隐藏着自己的这些能力？"

"不过是这次碰巧运气比较好。"

"原来是这样啊，只是碰巧啊，有这种可能性吗？不过，我总算明白了为什么佐枝那么关注你，原来如此，真特别。"

不管我再想怎么掩饰，有些东西还是会被老师知道。

"放心啦！我在这里看到、听到的东西都不会出去乱说。"

说着，她轻轻拍了拍我的肩膀，然后凑近我的耳朵，说道：

"老师不讨厌绫小路同学你这样的学生，但非常讨厌你这样的敌人。"

说完星之宫就立刻回到了原位，脸上的笑容不再。

没想到我给她留下了这样的印象。

"考核已经结束了，学生请快速离场。"

"坂上老师，我们需要先回教室吗？"

"不用，今天到这里就结束了，可以直接回家。"

不用全班集合，这正合我的心意。

"真好呀，学生们这就可以回家了。"

"星之宫老师，请准备善后。"

"明白。"

坂上老师和星之宫老师开始进行收工的准备。

现在一切都松弛了下来，难以想象我们刚刚经历了一场高度紧张的比赛。坂柳从电脑另一侧出现，她行动缓慢，应该是在等待老师的离开。

"辛苦啦，绫小路同学。"

"嗯，你也是。"

我们先就双方在第七场比赛中的付出进行问候。

虽然时间只有短短三十分钟，但脑子一直在高速运转，相当疲惫。

"毕竟国际象棋是一项考验毅力的游戏呢。对了，我要说一下，堀北同学开局时巧妙的布局，还有你之后更加出类拔萃的进攻，太精彩了。"

坂柳一脸的满足，看样子她也使出了全力。

"说实话，坂柳，你比我想象的要强得多，完全扭转了堀北的优势，毫无疑问，这次是我输了。"

"没有的事，这是一场非常棒的比赛，胜利不管花落谁家都有可能。你对我最后那一记绝杀，有什么异议吗？"

"那是一招完美的弃后。"

在我和坂柳的指示下进行的这场比赛里，最终的赢家就是坂柳，不会再有任何逆转奇迹的发生。

这场比赛经由学校的裁决，胜负已经确定，不会再更改。

虽然我们C班已经全力以赴，但还是输给了A班，失去了三十点的班级点数。

光看结果的话倒只是轻伤，可不知其他的班级情况如何……

"我输了，你有什么想要我做的事情吗？"

"想要你做的事情？没有。"

坂柳满足地点了点头，脸上带有得偿所愿后的那种笑容。

"我只期待能和你对决，现在这个愿望已经实现，足够了。"

大概我也没让她失望吧。

话说太多，要是被坂上老师盯上就不好了，于是我也站了起来。

就在我伸手开门想要走出去的时候，月城代理理事长来到了多媒体教室。

"二位的对决真是精彩纷呈呀。"

"原来是月城代理理事长，您看了我们的比赛了吗？"

"嗯，校方在另一个房间里全程观战，监测违规行为。你们二位作为司令官的介入，以及比赛的推进等都在我们的管控之下。"

他拍手称赞。

"你们双方互不相让，这确实是一场势均力敌的比赛，校方也借此获得了非常好的数据。我相信这场比赛在未来将会是一笔丰厚的财富。"

我看向他的眼睛。他笑眯眯地回看了我一眼。

虽然我们两个人没有单独进行谈话，但我也已经理解了一切。

"您满意就好。"

坂柳低头致意，感到无比充实。

"请问 B 班和 D 班的比赛结束了吗？"

"嗯，在你们结束的一个小时之前。"

他们可真是速战速决。

"哪个班赢了呢？"

坂柳对结果更感兴趣。

"D 班五胜两负获得了最终胜利，实现了跨越班级等级的绝对逆转。"

龙园打败了一之濑，并获得了一百九十点的班级点数。

D 班，不对，应该说是 C 班正在逐渐复苏。

而我们班又要从 D 班重新开始了。

"一之濑同学输得好惨呀，不过，倒也没那么意外。"

如果龙园没有出现，获胜的可能还是 B 班。

不知道龙园做这一切到底是为了他自己，还是为了班级？反正不管怎么样，那家伙发生了变化，对一之濑来说，就是威胁再一次降临。

"大家都散了吧，特别考核已经结束了，老师们也请离开这个房间。"

不光是学生，月城代理理事长同时催促坂上老师与星之宫老师离开。

"但我们还有善后工作……"

"交给我们就可以。"

月城发出一个信号，数名操作人员同时进入了房间。

"他们是谁？好像不是学校里的人吧？"

坂上老师感觉有些奇怪，他反问道。

"政府方面想要尽快看到此次考核的数据，他们是为此而来的，请放心。"

代理理事长的命令，老师不得不从。他们两个人被催促着赶紧结束手头的工作，和我们一起走出了多媒体教室。

坂上老师与星之宫老师应该是要回办公室吧，他们并没有理会我们，径直离开了。

坂柳很惊讶地瞅了那些操作人员一眼。

多媒体教室的门很快就被关上了，还听到了上锁的声音。

"有什么疑问吗？"

月城没有留在教室里，他询问坂柳。

"没有，我没有疑问。"

"这样啊。"

既然如此，那我也回去吧。我看了一眼手机，堀北发来了一条信息。

辛苦了。

非常简短的一句话。不管她有任何疑问或者不满，之后再做打算。

"再见，坂柳。"

简单告别，我正要离开……

"可以稍等一下吗，绫小路同学？"

"怎么了？"

坂柳叫住了我。

她本应该沉浸在胜利的喜悦中，可现在她的脸上却出现了阴霾。

"你那一步……真的是你能想出来的最好的一步棋吗？"

最后的最后，她对我再三考虑过后下的那步棋产生了疑问。

"获胜的就是你，还有什么问题？"

"不是……对不起，看来是我想多了。"

"赢了我不开心吗？"

"没有这回事。或许，在我心里的某个地方，一直盼望着能输给你吧。"

这是什么奇怪的想法。

"那我先说明一下，我可没有放水。"

"嗯，我明白。"

坂柳还是不太放心。

在她眼里，我可能应该更厉害些。

"你真是一个残忍的人啊，绫小路同学。"

站在多媒体教室前的月城代理理事长对我说了这样一句话。

坂柳回过头朝他看了过去，没办法，我也只能照做。

月城微笑着走到我们面前。

"你是一个残忍的人。"

"您为什么这么说呢，月城代理理事长？"

反问的人不是我，而是坂柳。

"要我告诉你吗？"

"是什么呢？"

"绫小路同学你就应该老实告诉她呀。"

可能是因为多媒体教室里的"事务"已经结束，他现在没有其他事情。

"这场比赛，赢的人本来应该是绫小路同学。"

这句话一说出口，注定要一石激起千层浪。

为什么这个男人要冒险把这件事说出来呢？

"您在说什么呢？我明明输了。"

"是的，那确实是事实。"

月城的讲话方式反映出了他的性格。

"但你实际给出的是另一个指令，对吧？"

坂柳渐渐理解了这件事的来龙去脉，她恍然大悟。

"真是荒唐极了……校方居然强制插手了我们学生

之间的考核。"

坂柳表现出的不只是失望，还有无尽的愤慨。

"是你有错在先哦，坂柳同学，都是因为你，他才拿到了保护点数。而要想再次夺走它，我少不了用一些强制性的手段。毕竟这里，是'学校'。"

为了实现自己的目的，他居然会做这种无聊的事情。

"真是的，如果一切按照我事先的想法推进，绫小路同学这次就退学了，可惜这所学校里还有些过分热情的老师，真是棘手。"

我深思熟虑过后在电脑里输入的那个指令，花了大概三十秒才传达到堀北那里，而此前只需要十秒。

他就是利用了这个时间差插手了我和坂柳的比赛。

也是为了便于他操作，所以才会如此大费周章，采用耳机传导自动播报的手段。

只要在电脑端进行操作，很轻易就可以更改指令。

"当时他指示的是另一处，是更为出色的一步棋。事实上，也是因为我这边配备了大量的工作人员和机器，才想出更改过后的那一步。"

如果随意更改，旁人也会看出其中的端倪。

为了防止这种情况发生，他们必须想出一步好棋进行代替才行。

"所以能破解这步棋的坂柳同学你，其实也非常厉害。"

这听起来并不是赞赏。

"你为什么没有抗议呢，绫小路同学？"

"说了也没有用，而且，他本来就没办法抗议。"

在月城看来，这是一件很简单的事情。

"来自白房子，并且还是违背大人意愿进入这所学校的他，并不希望自己受到过多的关注。"

要是我宣称是月城代理理事长的介入才导致了我们班比赛的失败，那么事情就会变得很难办。

在这种情况下，我只能打碎了牙齿往肚子里咽。

"赢了就是赢了，高兴点儿吧，坂柳。"

"……您可真擅长说风凉话呢，代理理事长，您这么做的代价可是很高的哦。"

坂柳不改笑颜，只是任何人都能看出她眼中的怒意。月城再次拍了拍手。

"明明是高中一年级的小孩，说的话可真有意思。不过是猴子里面称大王，真觉得自己那么厉害吗？"

同处于一个战场上的其他学生都对坂柳避之不及，但在这个男人眼里，就是无知的小孩在大言不惭地说些废话。

"代价很高？那你现在就做点儿什么让我看看呀，现在、马上。"

短暂的沉寂，自然什么都没有发生。

"那我就告辞了，大人可是很忙的。"

月城特意从我们两个人的中间走了过去。

"可以的话你就自己退学吧，这样就不会把其他人卷进来了。"

这是他留给我的最后一句话，之后便朝走廊的尽头走去。

待月城离开，坂柳也慢慢开始移动。

"他们的手段真是让人扫兴，让人生气。"

"抱歉。"

"绫小路同学你没有必要道歉，我只是很失望，因那些所谓的大人竟然插手学生的事务而失望，他们践踏了我最美好的回忆。"

她无法忍受自己的胜利被染上瑕疵。

"但是……你不觉得有点儿不服气吗？"

坂柳停住脚步，抬头看向我。

"是啊，确实如此。"

我本来是想将月城的介入作为一个秘密保守下去的，可现在被坂柳知道了，而这或许也是一件好事，因为它在我的心里，确实留下了一个小疙瘩。

"请从他干预的地方开始，重新和我一决高下。"

现在我大可以拒绝坂柳的请求。

但我担心这会伤害到她，还有我自己。

"我好像没有理由拒绝，有地方比吗？"

"你难道不知道图书馆里有国际象棋吗？"

"不知道……我还是第一次听说。"

"我偶尔会在那里下棋，就让我们去那儿一决胜负吧。"

我没有理由反对，我们两个人朝图书馆的方向移动。

可能是因为特别考核结束了，再加上所有的课程都已经结束，这里空无一人。

在过分寂静的图书馆里，我拿起棋盘，放在一个足够两个人对弈的小桌子上。

坂柳麻利地再现了当时的战局。

"嗯，这就是当时的棋局，请让我看看你真正的实力。"

我拿起棋子，下在了它应该在的地方。

## 3

在接下来的对决当中，我们两个人相对无言，暮色降临，只有黑白棋子与棋盘碰撞的声响。

这种状态并不会持续很长时间，因为双方只需要围绕最后那关键几步展开角逐。

不久，终局到来，坂柳静静地盯着棋盘长叹了一口气。

她已经没有任何机会了。

"不愧是你，绫小路同学，这次是我输了。"

这是一场每一步都关乎生死的对决。

坂柳承认了自己的失败，没有任何不快，反倒充满了愿望得以实现的那种快感。

"你也很坦诚。"

"我看上去像是那种绝不认输的女生吗？"

这个问题不太好回答。

"我想知道的不过是实力谁高谁低，并不会对结果愤愤不平。"

"我这次确实是赢了，但情况不同结果不同，真放在那个节骨眼上，我不一定会这么幸运。"

多出的时间让我得以思考新的走法，无法排除这种可能性。

不对，最重要的是……

"这局棋本来就是堀北处于优势，交到我手上的时候情况对我方更有利，所以这并不是一场公平的对决。"

我这次的胜利少不了堀北营造的良好战局，反倒是坂柳，当时以一人之力扭转不利局面，她的实力确实不容轻视。

如果让我们从头开始，我无法保证自己会赢。

可以的话，我也并不想参与这种对决。

"你是在安慰我吗？"

坂柳扑哧一声笑了。

"没有，我只是在客观陈述事实。"

"我对现在的结果很满意，这就足够了，不是吗？"

她满意就好。但我还有一个疑问。

"这次特别考核，你明明可以设立一个一对一的项目正面和我对决，如果你这样要求，我没有理由会拒绝。可你为什么没有这么做？"

当然，正式考核时是从十个项目中随机挑选七个，无法确保哪个项目一定会被选到。但要是我们提前商量好，在很大概率上还是可以实现的。

"理由很简单啦。正如你所想的，项目的选择有很大的偶然性。此外，让你在众人面前贸然和我一对一竞争，一定会引发周围人的怀疑，我想避免这两种情况的发生。不过，我们都被月城代理理事长利用了而已。"

坂柳进行决策的时候原来还尽可能考虑到了我的处境。也正因为这个，她才会打从心底里对月城的干预感到愤怒吧。

今天被选到的那七个项目以及顺序，恐怕也并非完全随机。

这并不是一场完全公平的战斗。

"我选择了在 A 班中最有潜力的桥本同学进行培养，而你选择了堀北同学进行培养。在人才的培养这一点上我也输了。"

坂柳缓缓低头又抬起。

"绫小路同学，我很高兴能和你对决。经此一战，我心里也有了一个答案，你毫无疑问是一个天才，如假包换的天才。"

"你不想在棋盘上再赢回来吗？"

"你希望我这么想吗？"

"……不，不希望。"

"哈哈，你倒是直接。"

能够有这样的对决机会实属难得。特别考核结束，从明天开始即将进入长假。只有现在这个时间点，图书馆才会空无一人，我们才能有如此安静的对战环境。

"我之所以不想继续……说实话，是因为我觉得我们两个人的技术不相上下，一起玩上十盘，双方五胜五负也不奇怪，不是吗？"

"是的，你说的很对。"

有意思的是，我们两个人确实势均力敌。

如果真的这样来上几盘，战果可能就是她所说的那样。

"但是今天这一场对决，我还是觉得你更胜一筹。毕竟你学下棋的时间比我长，肯定就是差在这里了吧。"

她显示出她好强的一面，给自己找了一处台阶下。

"如果只是执着于棋盘，也就没那么有意思了，这是一个好玩的娱乐项目，我不想让它变了味。"

她拿起一枚骑士棋子。

"说到学下棋的经历，你应该看到了什么吧？"

"是的，我看到了在白房子里横扫一切敌手的你。自那以来我就爱上了下棋，因为我相信有一天你会是我的对手。"

我看到 A 班项目时的直觉是对的，她会选择国际象棋作为比赛项目并非偶然。

"好了……我们差不多走吧。"

"我收拾一下，你坐着等我。"

"谢谢，那就听你的了。"

我将棋子与棋盘归位。

"有些遗憾的是……今后我可能要和绫小路同学你保持一点儿距离，再这样对你穷追不舍，班里的同学会有怨言的。更何况……"

"更何况？"

"我太想知道你的事情了，你就像是我一直以来不懈追逐、然而未曾谋面过的旧相识。对于这样一个人，如果竞争来得那么容易，也就没那么有意思了。"

她看着我，笑容里似乎还带有一丝别样的情感。

"现在还有月城代理理事长的事情，会占用我们很大一部分精力。"

真是本末倒置了。学校本应该是学生之间相互竞争，共同成长的地方。

而且如果还会有相似的考核，谁也说不准学校不会再度干涉。

反正只要可以干扰我，他应该会不择手段吧。

我开始渴望无忧无虑的生活。当四方八方都是敌人的时候，人也会很快显示出疲态。

我们从图书馆走了出来。

"话说回来，我们两个人还是第一次这样一起回家呢。"

"好像是的。"

坂柳平时身边总是有人跟着。

确实难以想象我们两个人并排走在一起的场景。

"不好意思，我走路比较慢。"

"别这么想。"

我们的速度确实不快，因为坂柳的身体情况不允许。

但不可思议的是，我今天竟觉得有些庆幸。

按正常速度的话，很快就会走到宿舍。

"你打算以后怎么做？"

"只能视月城的情况而定，虽然他目前还没有正职，但好歹是代理理事长，一般的手段对他没什么用。"

"嗯，看样子我父亲复职也不是一件简单的事情。"

"那你是怎么打算的呢？"

坂柳思考了一下。

"暂时一如往常，在期待中度过每一天啊。如果葛城同学谋反，那就对付对付他，要是一之濑同学追上来了，把她彻底击溃玩玩也挺有意思的，毕竟她退学了的话，B班落败也是迟早的事。"

就像少女在摆弄芭比娃娃一般，她露出天真无邪的笑容。

"就是不知道龙园同学会做什么……要是他回归了战场，和他比一比好像也不错。这样看来，我的学生生活可能意外地还挺有意思的。"

"那就好。"

"绫小路同学你呢？"

"让我公开露面的场合还是饶了我吧，那些就交给堀北了。"

"她的成长速度确实惊人，我也期待一下。"

早晚有一天堀北也会成为一之濑和龙园那样，被坂柳防范的对手吧。这意味着坂柳的学校生活就又多了一层乐趣。

"……有一件事我需要向你道歉。"

"道歉？"

"刚刚和你说的那个没有直接选择一对一比赛的理由，是骗你的。"

她说过，之所以没有选择一对一上场比赛，是为了不让我受到过分关注，是对我的关照。

但她现在想收回这个答案。

"其实是因为如果当了司令官，我能和你待在一起的时间更长。"

坂柳伸出了右手。

我以为她是想握手，可当我也把手伸出去回握的时候，她用左手包住了我的手。

"人是通过身体接触来感知温暖的，这是非常重要的事情。温情绝不是坏事，请记住这一点。"

"什么意思？"

"这是我迟来的信息。"

我还是一头雾水。

坂柳放开手继续往前走。

"好了，我们回去吧。"

看样子她是不打算向我解释了。

夕阳西下，我们两个人迎着晚霞踏上归途。

"你听说了吗？A班的吉田同学……"

关系并没有那么亲密的我们，毫无目的地畅谈着日常的琐事。

直至我们抵达宿舍。

# 后记

又是四个月不见啦，四个月写完一册真的已经成为惯例。

我就是到了令和时代也不会有任何变化的衣笠。

第十一册的内容到此为止了，这意味着一年级的正篇部分也就此结束，接下来会顺利过渡到学年结业式的内容。但在正式进入二年级部分之前，我打算在下一册讲讲春假的故事，总结一下学生们这一年是如何变化的，而接下来又会发生怎样的变化，以此为主线推进故事发展。

还有……恋爱到底会不会有进展，谁知道呢？！

总之，写完一年级的正篇部分，我最大的感受就是……页数真的不够我写啊！

原本是打算把第十册和第十一册的内容放在一起出版的，可事实告诉我这根本不可能，不是吗？

越写越多，越写越多，就连现在的两册都是勉勉强强才放下的。刚开始写的时候总会想，要怎么样才能写够三百页啊……可写着写着，等自己回过神来，就只剩下几页的位置了！这种情况在我写这套系列书的时候高频出现……

所以我在考虑要不要把之前因为页数不够而放缓的

一些内容在接下来的一册中提一提。

再稍微闲聊一会儿。

我平时很少会和业内人士见面。有一次见到了，对方告诉我说完全不知道我平时在做什么，建议我玩一玩社交软件。其实几年前因为工作的关系，我也曾经开过博客，但还是不喜欢，或者说是不擅长应付那种东西。我觉得像这样写写后记对我来说刚好。

说到我平时会做什么，除了工作，偶尔会去打打高尔夫。不过也不是那种很正规的玩法（因为技术不行，价格不便宜，也没有那个体力。）就是随便挥挥球杆，玩上一个小时也就完事了。但这样就挺好的，我很满足。

就算我开始经营社交软件，内容也会很没意思吧。

好的，后记也就这么无聊地结束了。

下次再见吧！